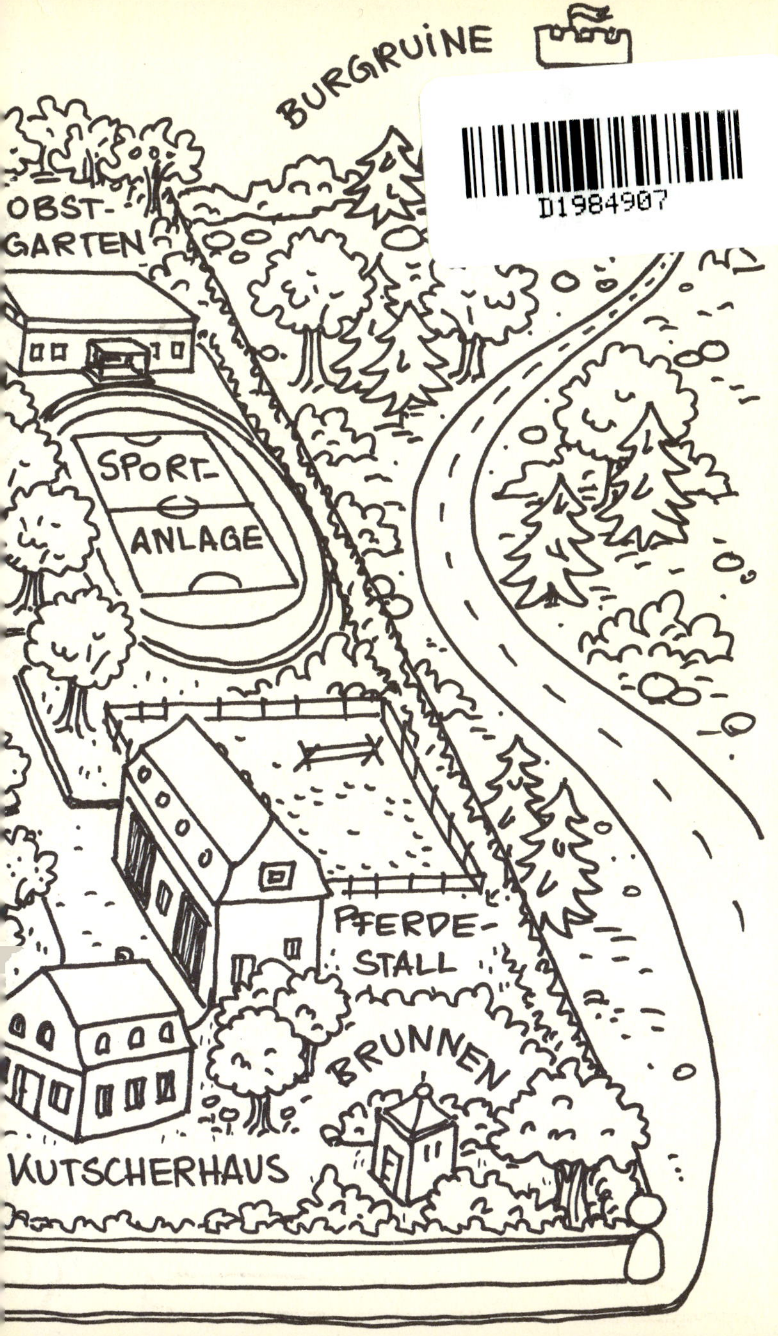
BURGRUINE
OBST-
GARTEN
SPORT-
ANLAGE
PFERDE-
STALL
BRUNNEN
KUTSCHERHAUS

Lade dir deinen eigenen
KessCatz-Stundenplan
herunter unter
www.schneiderbuch.de/stundenplan-kesscatz

verlegt durch EGMONT Verlagsgesellschaften mbH,
Gertrudenstraße 30–36, 50667 Köln

Titelbild und Illustrationen: Eva Muszynski
Umschlaggestaltung und Illustration auf S. 7: Hohl & Wohl, Hainburg
Satz: Greiner & Reichel, Köln
Druck/Bindung: CPI – Ebner & Spiegel, Ulm
ISBN 978-3-505-12635-2

10 11 / 8 7 6 5 4 3 2 1

Margot Antony

Die Geheimbücher der KessCatz

Julia die Pony-flüsterin

Schneider Buch
EGMONT

Mein Pferdebuch
J
J
A
I·L·J·A
I love Jerry & Abraxas
AUF DEM PFERDERÜCKEN
IST DER EHRENPLATZ
by Sophie, Glückskeks, Spruch-o-mat und beste Freundin der Welt.

WER, wenn nicht ich?!

Hey! Mach mal die Augen zu und schnupper in das Buch! Merkst du's? Der Duft von Heu, ein Hauch von Stroh - und eine Prise Ledergeruch von Sattel und Zaumzeug. Herrlich! Sogar der warme Atem von Jerry dampft noch aus dem Papier. Kein Wunder: Das Pony aus dem Internatsreitstall hat mir beim ersten Blättern über die Schulter gelinst - und kräftig auf die Seiten geschnaubt.

Ich geb's ja zu: Ich habe wirklich STUNDENlang geblättert und die Seiten gezählt - vorwärts, rückwärts, immer wieder, seit Hannah mir dieses pinke Wunder zuschob. Heute Nachmittag im Lesesaal - kurz vor dem ersten freien Wochenende auf Schloss Katzenfels. Ich war mal wieder in einen Bildband vertieft: die Wildpferde in Südfrankreich.

Plötzlich glitt Hannah auf den freien Platz neben mir und flüsterte: „Lesen und Schreiben gehören zusammen ..."

Ich verstand kein Wort. Fragend sah ich unseren Bücherwurm an.

Hannahs Augen funkelten vor Unternehmungslust. Hastig erklärte sie mir ihren Plan: „Du liebst Pferde über alles, stimmt's? Deswegen liest du alles über sie, was du kriegen kannst. Aber echte Pferde sind besser als das schönste Foto, oder? Deswegen bist du jede freie Minute im Stall. Also: WARUM schreibst du nicht dein eigenes Pferdebuch? Über die Pferde hier im Internat! Was sagst du dazu?"

„Naja ..." Hannahs Vorschlag hatte meine Neugier geweckt. „Glaubst du, dass ich das kann?", fragte ich.

Doch Hannah ließ keinen Zweifel gelten. Wie ein Sturm fegte ihre Begeisterung meine Bedenken hinweg. „WER, wenn nicht du?!", antwortete sie.

Ein warmes Gefühl der Vorfreude breitete sich in mir aus. Es begann in meinem Bauch und floss durch meinen ganzen Körper, bis ich kaum noch stillsitzen konnte. Als es mich schon in den Fingern juckte, raunte ich, ebenso hibbelig-kribbelig wie Hannah selbst: „Okeydokey. Wann soll ich anfangen?"

„Na – sofort", gab Hannah zurück, als sei das die

selbstverständlichste Sache der Welt. „Morgen kommt die Norden, ab Montag gibt sie Reitunterricht."

Mit einem triumphierenden Lächeln zauberte sie ein Notizbuch hervor und schob es mir zu: ein Wunderding, das direkt vom Pferdehimmel gefallen zu sein schien. Trotz seiner prinzessinnenrosa Farbe hatte es für mich mit dem Wilden Westen mehr zu tun als mit Schloss Katzenfels. Dort in Amerika verbrachte Anja Norden, unsere künftige Reitlehrerin, heute ihren letzten Urlaubstag. Das Ding leuchtete mir entgegen, als sei es nicht von dieser Welt, sondern eine Blume der Prärie. Der Schatz von Häuptling Flying Horse. Oder die Bibel der Ponderosa Ranch.

In diesem Moment wusste ich: *Ich werde dieses Buch schreiben*. Das Buch der Pferde vom Internat Schloss Katzenfels. Ich, Julia Arnold. Die Ponyflüsterin.

WIR ... und noch vier

Hannahs „Angriff“ hatte mich völlig überrascht. Ich ... und schreiben! Ich ... und ein Stubenhockerhobby!! Und vor allem: Ich ... und Hannah!!!

Nichts gegen unseren Bücherwurm. **Hannah** ist wirklich lieb. Aber für sie gibt es nichts Aufregenderes als den Staub vergangener Jahrhunderte. Archive, Bibliotheken und Antiquariate – das ist ihre Welt. Ich dagegen bin lieber im Freien unterwegs. Am allerliebsten „hoch zu Ross“, wie Hannah sagen würde. Dabei muss es gar nicht mal sooo hoch sein. Ein Pony genügt völlig. Nicht umsonst nennen sie mich Pony- und nicht Pferdeflüsterin.

Den Spitznamen habe ich mir eingefangen, weil ich mit **Abraxas** mehr zu tuscheln hatte als mit den Mädels aus meiner Klasse. Das kohlrabenschwarze Pony gehört meiner alten Reitschule. Meistens ist Abraxas unterwegs, denn für die Kiddies ist er der Star. Alle wollen sich von ihm durch die Halle tragen lassen.

Nur ich nicht: Sobald das Wetter es zuließ, war ich mit Abraxas draußen. Wir durchstreiften Wälder, Wiesen und Felder. Rund um Katzberg kenne ich jeden Weg und Wurzelstock, jede Abzweigung und Anhöhe, jede Spurrinne und jeden Stein. Abraxas und ich waren ein super Team und vertrauten einander blind. Sogar bei stockfinsterer Nacht wäre ich mit ihm an jeden beliebigen Ort im Landkreis geritten.

Vier Jahre lang besuchte ich Abraxas jeden Tag – bis ich ins Internat kam. Seitdem habe ich ihn nicht mehr gesehen. Zehn Tage lang. Sniff! ☹

Auch sonst läuft es in Sachen Pferd zurzeit nicht optimal. Ich verbringe jede freie Minute im Reitstall des Internats, aber reiten darf ich erst, wenn Anja Norden da ist. Die künftige Pferdeexpertin von Schloss Katzenfels kommt heute Nacht aus Amerika zurück. Laut unserer Direktorin Frau Gerwinius war sie dort drei Monate lang auf einer Ranch. Was sie dort gemacht hat, weiß die D-Rex angeblich nicht, aber es wird wohl mehr sein als Reiterferien in der Prärie. Vielleicht indianisches Pferdetraining? Oder einen Lehrgang im Westernreiten? Ob so was eine ehemalige Weltmeisterin im Dressurreiten interessiert? Keine Ahnung, aber ich werde es herausfinden, und zwar bald.

Wird auch Zeit, dass „die Norden" kommt. Für die Pferde und für mich. **Die Pferde**, das sind Albatros, der schneeweißen Hengst, Zora, die freundliche Fuchsstute, und Jerry, die Schmollschnute. Zusammen sind wir schon vier, die endlich mal wieder einen Ausritt unternehmen wollen. Aber nein: „Reitsport und Stallarbeit sind den Schülerinnen untersagt, bis unsere Pferdeexpertin Anja Norden eintrifft." So lautet die Ansage, und so steht's am Schwarzen Brett. Im Klartext: nix Striegeln, nix Satteln, nix Reiten. Nix Füttern, nix Tränken – nicht mal Ausmisten ist erlaubt. Ich könnte ins Stalltor beißen vor Wut!

Und Ole, die olle Schnecke, hält sich auch noch an diese Idiotenregel! (Sorry, aber ich bin wirklich essiggurkenzitronenbonbonsauer, wenn ich daran denke, dass für mich dasselbe Verbot gilt wie für eine Lea oder Lara, die vermutlich noch nie ein Pferd gesehen oder zumindest null Interesse daran haben.)

Ole ist übrigens unser „Stallbursche". Sagt die D-Rex. In Wahrheit ist er ein Junge aus dem Dorf, der Hufschmied lernt und sich durch den Stalljob sein Lehrlingsgehalt aufbessert. Ich persönlich finde ihn doof.

Wahrscheinlich ist es purer Neid, denn bis Anja Norden kommt, ist er der Einzige, der die Pferde versorgen und reiten darf. Zumindest Zora, denn die ist wirklich lammfromm, wenn sie mit Ole durch die Parkanlagen trabt.

Mit Albatros arbeitet Ole am Boden: Er hält ihn am langen Zügel und lässt ihn antraben, Schritt gehen, in den Galopp wechseln und so weiter. Nur Jerry rührt er nicht an. Wenn ich vor seiner Box stehe, unkt Ole jedes Mal: „Fall bloß nicht auf seine Schönheit rein! Das ist ein bockiges Biest – stur wie ein Esel! Wenn du mich fragst: Das Ponykostüm ist reine Verkleidung!"

Ich frage aber nicht. So einen pickeligen Klugscheißer schon gar nicht. Ist doch wahr!!!

In einem hat er allerdings recht: Jerry ist wirklich wunderschön, aber man darf ihm nicht zu nahe kommen. Ich liebe ihn trotzdem – nicht nur, weil er ein Pony ist. Aber im Unterschied zu Abraxas sind bei Jerry nur die Augen kohlschwarz und die Mähne dunkel. Ansonsten ist er so leckerschmecker sahnekaramellfarbig, wie es sich für einen Falben gehört.

Albatros, Zora und Jerry – das sind also die drei Schönheiten, um die es in meinem Pferdebuch geht. Aber ich werde auch überAbraxas schreiben. Und über meine Klasse auf Schloss Katzenfels. Die Helden dieses Buches sind also elf Zweibeiner und vier Vierbeiner.

Das macht immerhin vier, bei denen ich keine Angst haben muss, mich zu verplappern. Hannah will tatsächlich, dass meine Notizen geheim (!) bleiben. Ein „Geheimbuch" soll ich schreiben, das ich aber „im richtigen Moment" aus der Tasche ziehen kann.

Ich schätze mal, der richtige Moment ist gekommen, wenn es im Reitstall Grund zum Feiern gibt. Das erste Reitabzeichen am Internat, das auf dem Rücken von Zora erworben wird oder so. Zora wird wohl der Auslöser sein, denn sie ist der kommende Star unter den Internatspferden. Albatros ist zu groß und vor allem zu temperamentvoll, um als Schulpferd Karriere zu machen, und Jerry ist zu eigensinnig. Wahrscheinlich hat er genau deshalb mit mir zusammen mein Geheimbuch beschnuppert. Damit hat er vielen Menschen etwas voraus – sogar Sophie, meiner besten Freundin und Zimmernachbarin. Für die ist mein rosarotes Pferdebuch nämlich eines mit sieben Siegeln.

Sophie ist zwar ein Feuerwerk an Spruchweisheiten, aber zu Pferden fällt ihr nicht allzu viel ein. Aber ich schwöre, sobald ihr erster brauchbarer Pferdespruch kommt, schreibe ich den ganz vorne in mein Buch – direkt unter mein ILJA-Tattoo.

Aber für Sophies Zurückhaltung in Sachen Geheimbuch gibt es noch einen anderen Grund. Als sie noch um ihre alte Freundin Tabea trauerte, habe ich nämlich auch nicht groß nachgefragt, was auf dem klatschmohnroten Merkzettel steht, den sie immer bei sich trug. Ich dachte mir: Der ist von Tabby, und fertig. Schließlich braucht auch ein Glückskeks wie Sophie manchmal eine Geheimwaffe - vor allem gegen den Trennungswahnsinn der eigenen Eltern.

Zumindest die Trennung von **Tabea** hat Sophie mittlerweile hinter sich. Auch Tabby wohnt jetzt auf Katzenfels - direkt neben Sophie und mir, zusammen mit Hannah, der Hüterin des Buchs. Natürlich sind Sophie und Tabea oft zusammen, aber das ist okay: Geheimwaffe Tabea und ich sind zusammen Sophies Nummer eins ... und Sophie teilt sich den ersten Platz in meinem Herzen mit zwei Ponys ;-). Auch Hannah und Tabea verstehen sich prima. Sie haben die gleiche Leidenschaft für Bücher - und das trotz Tabeas Leseschwäche. Aber sogar dagegen hat sie eine Geheimwaffe: ihr phänomenales fotografisches Gedächtnis: Mit einem *Klick* ist alles erfasst.

Das wird **Lea** freuen, wenn sie als „Boss im Schloss" mal wieder Lea Holmes spielt. Für eine Detektivin sind

Augenzeugen, die sich an jede Kleinigkeit erinnern, ja wohl das Beste, was es gibt. Andererseits hat Lea mit **Marie** Genie schon so viel Glück gehabt - das ist kaum zu toppen. Marie ist das Mädchen mit den Blitzeinfällen und Leas beste Freundin. Zusammen sind die beiden unschlagbar, zusammen haben sie die *KessCatz* erfunden. Allein schon dafür haben sie den Nobelpreis verdient, den Oskar, das goldene Seepferdchen und den Trabrennpokal - eben alles, was es an Ehrenpreisen gibt.

Seit der denkwürdigen Probenacht auf Katzenfels gibt es also die ***KessCatz***, den geheimen Bund von Mädchen, die bombenfest zusammenhalten. Lea und Marie, Hannah und Tabea, Sophie und ich sind aber gerade mal die Hälfte der Bande. Gründungsmitglieder sind außerdem die halb gedoppelte **Anna-Lisa** alias Talheim-Twins: Anna, die stille Tierfreundin und weltbeste Drachenmalerin, und ihr unüberhörbares Ebenbild, die wilde Rockröhre Lisa.

Genauso lange dabei ist unser Sport-Ass **Kati**, die manchmal vor lauter Eifer über ihre eigene Gutmütigkeit stolpert. Das ist übrigens die einzige Möglichkeit, sie aus dem Rennen zu kicken, denn im Sprint besiegt sie sonst keiner. Nicht mal Lea, ihre Konkurrentin seit dem Kindergarten.

Nur eine darf Kati die Große ungestraft überholen: ihre Zimmergenossin **Sara**, genannt Sara Sansibar - nach einem der exotischen Orte, die sie mit ihren Schauspieler-Eltern besucht hat. „Schau-eeh-sspiller", müsste ich sagen, denn Sara hat „ein ess-panische Akssent", den wir alle lieben. Genau wie ihre stürmische Art, sich die schwarzen Löckchen aus der Stirn zu pusten - und ihren einmaligen Trick, die Rennmaschine Kati im Flick-Flack zu überholen, äääh ... „uber-chollen". ☺

UUPS! Wenn ich nicht aufpasse, mache ich Lea und Sophie Konkurrenz! Mein Lieblings-Glückskeks hat zwar manchmal Probleme mit Leas Macker-Gehabe, aber Lästerschwestern sind sie beide: Lea stichelt, Sophie witzelt. Das Ergebnis ist dasselbe: Plötzlich hast du einen Spitznamen an der Backe, den du nie wieder loswirst.

So wie **Lara**, unser Neuzugang aus Florida. Die hieß dank ihres Endlosnamens und weil sie eine echte Grafentochter ist plötzlich „Prinzessin Larifari". Noch dazu „von Tüdelü"! Typisch Lea!

Aber als die *KessCatz* ihre Krallen zeigten, fauchte Lara zurück. Seitdem ist allseits Schnurren angesagt, denn Lara ist jetzt selbst eine *KessCat*. Genau genommen sogar die einzig wahre. Und die einzig wahre Prinzessin noch dazu, denn Lara heißt Larissa Ylenia Hohenheim Gräfin von Katzberg.

Doch seit Lea weiß, dass Lara trotz ihrer Namensgirlande okay ist, verzichtet sie darauf, sie „Prinzessin Larifari" zu nennen. Nur eine kleine Reststichelei muss sich Lara immer wieder anhören. Sie heißt jetzt „Lara, die einzig Wahre". Gemeint ist: Prinzessin. Aber theoretisch könnte es auch bedeuten, dass Lara in irgendetwas anderem einzigartig ist. Als Dramaqueen oder Gespensterfängerin - nur so als Beispiel. Vielleicht schafft sie es ja noch, dem Namen einen anderen Dreh zu geben.

Meines Erachtens hilft gegen Spitznamen sowieso nur eins: Gib deinem Namen die beste Bedeutung, die du finden kannst - und beweise, dass du ihn verdienst! Genau das hatte ich vor, als ich Hannah versprach, heimlich darüber zu schreiben, was ein Pony und zwei Pferde auf Schloss Katzenfels erleben. Für eine Ponyflüsterin muss sowas doch ein Klacks sein - hoffe ich.

Aber ich kann dir jetzt schon flüstern: Einer fehlt mir hier ganz gewaltig! Ohne mein Pony mit x ist alles nix! Will heißen: elf *KessCatz* und drei Schulpferde sind zwar vierzehn gute Freunde, aber immer noch einer zu wenig. Wenn's nach mir ginge, wären wir hier: WIR ... und noch vier. ☺

Raus aus dem Schloss und rein ins Abenteuer

Noch am Donnerstagabend kritzelte ich meine Einleitung. Damit war das pinke Wunder eingeweiht, und ich freute mich auf das internatsfreie Wochenende. An mein Pferdebuch dachte ich überhaupt nicht mehr, als ich am Freitagnachmittag die Auffahrt hinunterlief. Die anderen *KessCatz* waren schon weg, aber deren Abholer hatten auch einen wesentlich kürzeren Weg als mein Paps: Bis auf Lara und Tabby wohnen alle nur einen Katzensprung von unserem Internat entfernt, und selbst diese beiden zog es nach Katzberg-City. Tabby verbrachte das Wochenende bei Sophie, und Lea hatte Lara eingeladen. Nach all dem Misstrauen, mit dem sie Lara zunächst empfangen hatte, war das ihre Art der Wiedergutmachung.

Ich hatte die Einfahrt schon fast erreicht, als ein Auto mit quietschenden Reifen um die Ecke bog. Der weiße Kleinwagen war kreuz und quer mit Schriften bedruckt - wie eine zusammengeknüllte Riesenzeitung. Hinter der Einfahrt hielt er sich rechts. Dort liegen das ehemalige Kutscherhäuschen, in dem jetzt der Hausmeister wohnt, und der Pferdestall.

Neugierig bog ich vom Hauptweg ab und sah den Zeitungsflitzer direkt vor der Stalltür - mit laufendem Motor. Wütend ging ich auf das Auto zu. Ich HASSE es, wenn Tiere mit Lärm gequält werden - und der Benzingestank war sowieso eine Zumutung.

Noch ehe ich bei der bedruckten Benzinschleuder angekommen war, stürzte ein Mann mit umgehängter Kamera aus dem Stall, sprang in den Wagen und raste mit quietschenden Reifen an mir vorbei, zurück auf den Hauptweg. Im Rückwärtsgang! Erst auf dem Hauptweg riss der Fahrer das Steuer herum, legte den Vorwärtsgang ein und schoss zum Tor hinaus.

In der Staubwolke, die er hinterließ, konnte ich den Lieferwagen unserer Gärtnerei kaum erkennen. Aber ich war froh, als Paps mir die Tür aufhielt und mich anlachte. „Komm rein, Große", rief er einladend. „Auf geht's zum Heimatbesuch!" Ich warf meinen Wäschesack auf die Rückbank und kletterte in den Wagen.

Je weiter wir uns vom Internat entfernten, desto aufgeregter wurde ich. Unbewusst spielte ich mit dem Anhänger an meiner Armbanduhr, einem silbernen Hufeisen.

„Du kannst es wohl kaum erwarten, in den Reitstall zu kommen?", sagte Paps. Er wusste genau, dass ein Heimatbesuch für mich ohne ein Wiedersehen mit Abraxas nicht komplett war.

Als ich nickte, druckste Paps ein wenig herum: „Ähm, also ... denk nicht, wir hätten uns nicht auf dich gefreut, aber du weißt ja: Wir sind den ganzen Tag in der Gärtnerei beschäftigt. Morgen ist eine Hochzeit, und wir haben noch jede Menge Blumengestecke für die Tischdekoration zu binden. Du kannst uns gerne helfen, aber an deinem ersten freien Wochenende hast du sicher Besseres zu tun als zu arbeiten ..." Spitzbübisch deutete Paps nach hinten.

Als ich meinen Wäschesack auf die Rückbank geworfen hatte, war mir nichts Besonderes aufgefallen. Doch jetzt entdeckte ich zwischen den Sitzreihen meine Reitsachen. „Paps!", rief ich begeistert und versuchte, meinen Vater zu umarmen, ohne ihn vom Fahren abzulenken.

Er grinste bis über beide Ohren und brummte: „Ich nehm mal an, das heißt: JA, wir fahren zum Reitstall ..."

So kam es, dass ich kaum eine Stunde, nachdem ich die Wälder rund um den Katzenfels hinter mir gelassen hatte, genau dort wieder unterwegs war. Diesmal allerdings „hoch zu Ross“. Vielmehr: halbhoch zu Pony.

Abraxas freute sich genauso über unser Wiedersehen wie ich. Als ich den Stall betrat, stand er schon an der Tür seiner Box und sah mir entgegen. Während ich ihn sattelte, zupfte er an meinem Ärmel. Ich schob ihn sanft, aber mit Nachdruck beiseite. Schließlich wusste ich genau, was er in diesem Moment dachte: „Bingo! Ich darf an ihr knabbern, also bin ich der Chef!“

Draußen im Gelände war es Abraxas, der meine Gedanken las. Wie immer reagierte er auf jede meiner Hilfen. Ein Zupfen am Zügel, ein leichter Schenkeldruck, eine minimale Gewichtsverlagerung genügten, und er schlug die Richtung ein, die ich wollte, oder fiel in die gewünschte Gangart. Vom ersten Augenblick an waren wir so verbunden wie früher. Kaum dachte ich an einen Abstecher zum Fluss, bog Abraxas von selbst in den Weg ein, der durch den Wald dorthin führte. Ich wiegte mich im Takt seiner Schritte und malte mir aus, was wir an unserem Lieblingsplatz tun würden: Abraxas würde in den würzigen Wiesen grasen, während ich am Ufer saß und die Füße ins Wasser hielt.

Ich war so in Gedanken versunken, dass ich gar nicht

auf den Weg achtete. Erst als Abraxas stehen blieb, schrak ich auf. Nach kurzem Zögern setzte er sich wieder in Bewegung, doch ich spürte seine Anspannung. Er hob den Kopf und drehte die Ohren in unterschiedliche Richtungen.

Wenige Meter später sah ich selbst, was heute anders war als sonst: Hinter einer Biegung, direkt am Waldrand, lehnte jemand an einem Baum. Ich erkannte ihn sofort wieder: Der Mann mit der Kamera vor dem Bauch war eindeutig derselbe, der eine gute Stunde zuvor wie der Blitz aus dem Reitstall des Internats gerannt war.

„Was machen SIE denn hier?!", fragte ich beim Näherkommen, doch der Zeitungsheini pampte zurück: „Dasselbe wie du, nur ohne Pferd." Und kopfschüttelnd murrte er: „Um die wird neuerdings sowieso zu viel Tamtam gemacht!".

Schnell hakte ich nach: „Hatten Sie es deshalb so eilig, aus dem Internatsstall wieder herauszukommen?" Dramatisch beschrieb ich, wie er an mir vorbeigerauscht war und dabei jede Menge Staub aufgewirbelt hatte.

Der Mann zuckte mit den Schultern. „Kein Grund zur Aufregung!", sagte er lässig. „Ich hatte wirklich kaum Zeit für die Pferdefotos, aber für einen Artikel über deine Schule wird's schon reichen. Eure Direktorin hat mir am Telefon wahrhaftig mehr als genug erzählt!"

WOW! Ein Artikel über Katzenfels, Fotos unserer Pferde! Wenn das kein Thema für mein Geheimbuch war! Atemlos fragte ich: „Was schreiben Sie denn?"

„Das kannst du am Montag selbst nachlesen", erwiderte der Reporter von oben herab.

Allmählich ging er mir auf die Nerven. Aber ich dachte an Sophie und die anderen. Sie würden es mir nie verzeihen, wenn ich nicht alles aus dem Mann herausquetschte, was es herauszuquetschen gab. Also forschte ich weiter: „Geht es in dem Artikel nur um Pferde, oder zeigen Sie auch Bilder vom Schloss?"

Ich wusste genau, dass der Typ keine drei Minuten im Stall verbracht hatte und weder davor noch danach irgendetwas anderes geknipst hatte. Genau das hielt er mir jetzt vor. „Na hör mal", empörte er sich, „du hast doch selbst gesehen, dass ich keine Zeit hatte! Bei aller Liebe, aber es gibt ja auch noch andere Themen als euer Internat!"

„Sie hatten wohl einen wichtigen Termin?", fragte ich scheinheilig.

„Und ob!", antwortete der Zeitungsheini. „Bürgermeister Zumtobel hat politische Freunde zum Angeln eingeladen. Die Herrschaften kommen eigens aus der Hauptstadt, um hier zu entspannen!"

Angestrengt spähte ich in die Richtung, in die der

Wichtigtuer zeigte. Erst jetzt entdeckte ich, dass hinter der Böschung ein paar Angelspitzen aufragten. „Das müssen wir uns näher ansehen", sagte ich und trieb Abraxas an.

„Vorsicht!", warnte der Mann. „Die Herrschaften wollen nicht, dass man ihre Fische verscheucht. Du kannst natürlich tun, was du willst, aber ICH bleibe hier, bis ich gerufen werde, um einen stolzen Fang zu fotografieren."

„Danke!", antwortete ich knapp. „Toll, dass ich tun darf, was ich will!" Dann ritt ich geradewegs aufs Ufer zu.

Miijjjooouuuuuwww!

Als ich mich dem Ufer näherte, merkte ich: Hier zu sitzen und die Zehen ins Wasser zu halten, konnte ich diesmal vergessen. Heute standen dort Männer, die genauso stämmig waren wie Bürgermeister Zumtobel – und ziemlich schlecht gelaunt. Jedenfalls erntete ich böse Blicke, als ich hinter den Wichtigfischern entlangritt.

Ich fand das einfach lächerlich. Das feuchte Gras dämpfte die Schritte meines Ponys, und wenn sich irgendein Fisch durch mein Gekicher gestört fühlte, bewies das zumindest, dass er nur stumm, aber ganz bestimmt nicht taub war.

Vergnügt ritt ich flussaufwärts. Gerade als ich dachte, ich hätte die fischigen Typen hinter mir gelassen, machte ich eine Entdeckung: Mitten im Uferschlamm prangte ein Abdruck, der mein Herz schneller schlagen ließ. Er zeigte eine fauchende Katze mit gesträubtem Fell.

Noch während ich in den Anblick des Bildes vertieft war, fauchte es tatsächlich: „Miijjjooouuuuuwww!" Abraxas machte einen Schritt rückwärts. Vor ihm stand ein großer Junge mit feisten Backen, über die sich ein selbstgefälliges Grinsen zog. „Na, du blöder Klepper?", feixte er und piekste Abraxas mit der Spitze einer Angel zwischen die Augen.

An dieser Stelle sind Pferde sehr empfindlich. Abraxas keilte aus und preschte davon. Nur mit Mühe gelang es mir, ihn zu beruhigen und zu wenden.

Der Rüpel grunzte vor Lachen. „Wuahahahahaaachrrr!", röchelte er und verschluckte sich fast an seinem eigenen Gift.

Abraxas hatte seine Lektion gelernt. Zwei Meter vor dem grunzenden Fiesmops stemmte er seine Hufe in den Boden und weigerte sich, auch nur einen einzigen Schritt weiterzugehen. Er hatte recht: So viel Sicherheitsabstand musste einfach sein. Ich tätschelte seinen Hals und zeigte ihm so, dass ich mit seiner Entscheidung einverstanden war.

Aus dieser Entfernung konnte ich Tobias Zumtobel in aller Ruhe ansehen – von Kopf bis Fuß. Vor Schreck hatte ich das Bürgermeistersöhnchen nicht gleich erkannt. Er war also nicht nur ein Kinderschreck, sondern auch ein Tierquäler. Nie fand ich Leas Spitznamen für ihn passender als in diesem Moment: „Tobi zum Knobi" – genau das war er. Ein kleiner, möchtegern-vornehmer Hosenpisser. Im Grunde war es eine Beleidigung für jede Knoblauchzehe, Zumtobel junior nach ihr zu benennen.

Tobi zum Knobi ahnte nichts von meinen Gedanken. Er zog die Speckröllchen ein und gab sich alle Mühe, auszusehen wie der kleine Lord persönlich. Zu einer sandfarbigen Bermuda trug er ein blau-weiß geringeltes Poloshirt und darüber einen marineblauen Clubblazer mit goldgerahmtem Wappen an der Brusttasche. Doch seine Füße zerstörten den edlen Eindruck vollkommen. Sie steckten in Gummistiefeln, die bis unter seine Bermuda reichten.

„Hey, du trägst ja Overknees", entfuhr es mir, und ich musste grinsen. Dabei wollte ich dem Pferdeschreck eigentlich die Meinung sagen. Doch im Grunde war es egal, was ich sagte. Tobi zum Knobi hätte mich vermutlich auch dann angegiftet, wenn ich ihm einen guten Morgen gewünscht hätte.

„Seeehr witzig, Tulpenzwiebel!", ätzte er. „Du kannst wohl deine eigene Schuluniform nicht von echter Männerkluft unterscheiden. Aber von einer halbgebackenen Schlosstuss kann man wohl nicht mehr erwarten."

„Nur kein Neid", sagte ich. „In ein Schloss schaffst DU es in hundert Jahren nicht mehr - und wenn du dein ganzes Outfit mit Clubwappen zupflasterst ... Overknees inklusive!"

„Pass auf, was du sagst!", ereiferte sich der gaaanz kleine Lord und hob die Angel wie eine Peitsche. Sofort machte Abraxas zwei Schritte rückwärts. Ein hämisches Grinsen glitt über Tobi zum Knobis Hamsterbäckchen. „Bravo!", nölte er. „Der Klepper hat seinen Meister gefunden! Da ist der Gaul ja wohl klüger als die Zicke, die ihn reitet. Naja, kein Wunder: Er hat ja auch den größeren Kopf ..."

Das war mir nun wirklich zu doof. „Auf so einen Schwachsinn antworte ich doch gar nicht", sagte ich zu Abraxas.

Doch Tobi zum Knobi ließ nicht locker. „Hey, Tulpenzwiebel", säuselte er und zeigte auf den Boden: „Guck mal da!" Sein Wurstfinger deutete auf den Abdruck im Schlamm, den ich zuvor schon bewundert hatte.

„Ach!", platzte ich heraus. „Ist die Katze von dir?"

Tobi zum Knobi lachte ein fettiges Lachen. „Tulpenzwiebel!", tönte er. „Streng doch mal dein Köpfchen an - falls überhaupt was drin ist! DAS DA ist mein Abdruck." Er stampfte so heftig auf, dass Abraxas zusammenzuckte. Der Giftzwerg trat zurück und legte einen Schuhabdruck frei, der von groben Wellen durchzogen war. Dann zeigte er erneut auf den Katzenkopf und sagte drohend: „Und DAS da, du Tulpe, ist keine Katze, sondern der TIGER!"

Wieder erklang das Fauchen, mit dem er Abraxas schon einmal erschreckt hatte. „Miijjjoooouuuuuwwwww!" Dazu fletschte Tobi die Zähne und drohte mit allen zehn Krallen. Vielmehr: mit allen zehn Wurstfingern.

Abraxas blieb stocksteif stehen. Nur seine Flanken bebten, und der Atem ging schneller. Offenbar begriff er, dass wir den kleinen Angeber nicht ernst nehmen mussten. Aber an der Art, wie er sich verspannte, merkte ich ganz deutlich: Auch Abraxas fand Tobi zum Knobi ausgesprochen unsympathisch.

Dafür lieferte dieser gleich noch einen Grund mehr. Er holte mit der Angel aus und ließ die Schnur über unseren Köpfen kreisen. „Yippiiiieeeeh!", heulte er dazu und schnalzte mit der Zunge – wie ein Cowboy, der Mustangs vor sich her treibt.

Abraxas ist ganz sicher kein Wildpferd, aber jetzt wurde es sogar ihm zu viel. Er stieg auf die Hinterbeine und schlug mit den Vorderhufen, als wollte er den Helden der Prärie ungespitzt in den Boden klopfen. Dann wieherte er schrill, wendete auf der Hinterhand und galoppierte davon.

Ich hörte noch, wie Tobi uns nachrief: „Hossa! Der hat ja richtig Pfeffer im Arsch!"

Irgendwie schaffte ich es, im Sattel zu bleiben. Als Abraxas an den Anglern vorbeidonnerte, guckten sie noch böser als zuvor. Für dieses Mal war der Angelausflug gelaufen.

Das dachte wohl auch der Reporter. Er sprang panisch zur Seite, als wir an ihm vorbei in den Wald bretterten. „Hilf, Himmel!", stöhnte er, dann waren wir außer Hörweite.

Hinter der nächsten Biegung wurde Abraxas langsamer. Bald trottete er genauso bedächtig dahin wie auf dem Hinweg. Auf mein beruhigendes Halsklopfen antwortete er mit leisem Schnauben, als wollte er sagen: „Vergiss den Jungen mit der Peitsche! Vergiss den komischen Schlammtiger! Kesse Katzen sind tausendmal besser!"

Ein Stall voll Überraschungen

Weder bei meinen Eltern noch beim Samstagsausritt mit Abraxas ließen mich die Erlebnisse vom Freitagabend los. Vor allem der rasende Reporter ging mir nicht mehr aus dem Kopf. Am Sonntag war ich froh, als es endlich zurückging nach Katzenfels. Ich konnte es kaum erwarten, den anderen zu erzählen, dass wir in die Zeitung kamen. Sophie hatte am Samstagabend angerufen, doch ich hatte nichts verraten. Ich wollte ihr Gesicht sehen, wenn sie diesen Knaller hörte. Ihres und das von allen andern.

Als Paps mich ins Internat kutschierte, wuchs meine Aufregung mit jedem Kilometer. In der Einfahrt zum Internatsgelände war ich schon ganz kribbelig. Erstaunt stellte ich fest, dass ich mich noch mehr darauf freute, nach Katzenfels zurückzukehren, als von dort wegzufahren.

Dann sah ich sie: Alle (!) Mädchen meiner Klasse hockten auf der großen Treppe vor dem Eingang und schienen nur auf mich zu warten.

„Endlich!", rief Sophie, als ich ausstieg. „Welcome back, *KessCat*!"

Ich begriff sofort: Katzenalarm! Aufgeregt riss ich Paps den Seesack voll frischer Klamotten aus der Hand. Er grinste verständnisvoll, sagte: „Tschüss, meine Große!", nickte den Mädels zu und fuhr weg. Endlich waren wir ungestört.

„Wir haben Tobi zum Knobi getroffen", begann Lea. „Heute Nachmittag. Wir waren im Eiscafé, als er auf dem Mountainbike vorbeidüste und schrie, er hätte dir Manieren beigebracht. Als Nächstes wären WIR dran." Lea sah mich durchdringend an. „Erzähl schon!", befahl sie. „Was war los?"

Rasch berichtete ich von der Begegnung am Fluss. Die Mädels regten sich furchtbar darüber auf, wie Tobi mit Abraxas umgesprungen war.

„Diese fisse Kerl!", rief Sara und stampfte auf. „Man muss dasselbe bei ihm tun! *Piek* zwischen die Augen ..."

Kati stimmte zu: „Ich glaube, der braucht mal eine Benimm-Lektion!"

„Okay!", rief Lea. „Das ist ein Fall für die *KessCatz*!"

Mit einem Seitenblick auf mich betonte sie: „Für ALLE *KessCatz*!“

In diesem Moment stieß Marie einen Schrei aus. „Später!“, quiekte sie. „Nach dem Essen! Leute, es ist drei vor sechs!“

Kati rannte sofort los, Lea hinterher. Sekunden später polterte eine Horde Mädchen wie die wilde Jagd zurück ins Schloss, quer durch die Halle und in Richtung Speisesaal.

„Das gibt Ärger mit der D-Rex“, keuchte Lea. „Der erste Heimaturlaub - und schon zu spät zum Abendessen.“

Da bemerkte ich aus dem Augenwinkel eine schnelle Bewegung. Ich drehte den Kopf und sah, wie Sara in aberwitzigem Tempo an uns vorbeischoss. Im Flick-Flack überholte sie eine nach der andern.

„Unglaublich!“, sagte Marie, und Hannah ergänzte: „Wie im Zirkus!“

In diesem Moment kam Sara mit einem letzten Sprung wieder auf die Beine - direkt neben Kati, die vor der Tür des Speisesaals stehen geblieben war. Sie pustete sich ihre berühmte Korkenzieherlocke aus der Stirn, strich ihr Faltenröckchen glatt und zupfte sich die Sonntagsbluse zurecht. Dann grinste sie ihre Freundin an und sagte cool: „Na loss! Rein in den Ess-peise-Sall!“

In diesem Moment schlug die große Uhr in der Eingangshalle zum ersten Mal. Uns blieben nur noch wenige Sekunden.

Das Erste, was wir sahen, als wir durch die Tür drängten, war unsere Direktorin. Sie hatte sich von ihrem Platz erhoben und verfolgte uns mit ihren Blicken.

„Au weia", dachte ich, „die D-Rex bringt sich in Stellung für eine Strafpredigt!"

Doch Frau Gerwinius wartete nur, bis alle saßen. Dann sagte sie salbungsvoll: „Liebe Kolleginnen und Kollegen, liebe Kinder ..." (Ich hasse es, wenn sie uns so anredet, aber das tut sie nun mal.) „Da wir nun vollzählig versammelt sind, möchte ich eine Kollegin vorstellen, auf die wir seit fast zwei Wochen mit wachsender Ungeduld warten: Anja Norden." Mit einer Handbewegung forderte sie die Neue auf, sich zu erheben.

Wir verrenkten uns die Hälse, um zu sehen, wie eine Ex-Weltmeisterin aussah. Mittelgroß, schlank, die glatten braunen Haare hatten einen kupferfarbigen Glanz. Insgesamt eher unauffällig. Das Auffallendste war ihr fröhlicher Gesichtsausdruck und die glänzend roten Apfelbäckchen.

„Von drauß vom Walde komm ich her", zischte Lea, und Lisa ergänzte ohne zu überlegen: „Ich muss euch sagen, es weihnachtet sehr."

Marie warf den beiden strenge Blicke zu, doch jetzt gluckste Kati: „Stimmt: Die sieht aus wie die Weihnachtsfrau!"

Während des Getuschels war Frau Gerwinius' Stimme unmerklich lauter geworden. Als an unserem Tisch unterdrücktes Gekicher ertönte, schaltete sie auf ihren eingebauten Lautsprecher um. Scheinbar ohne jede Anstrengung, aber mit durchschlagendem Erfolg. „SIE HAT IHREN KURS BEI EINEM DER BEKANNTESTEN PFERDEFLÜSTERER ABGESCHLOSSEN", tönte Frau Gerwinius mit ihrer Megafon-Stimme, und alles erstarrte in Ehrfurcht. Sofort schaltete die D-Rex stimmlich drei Gänge zurück. „Ab sofort wird Frau Norden unser ‚Team Katzenfels' verstärken. Ja, ich möchte, dass wir denselben Teamgeist entwickeln wie eine Sportmannschaft. Wir kämpfen gemeinsam und werden gewinnen – auch wenn nur eine auf dem Podest stehen kann: Anja Norden. Mit ihrer und Albatros' Hilfe werden wir den Großen Preis der Internationalen Dressurtage nach Katzenfels holen."

Anja Norden zuckte zusammen. Anscheinend war dieser Plan nicht abgesprochen. Das Lehrerkollegium applaudierte trotzdem. Ich dagegen musste erst mal Luft holen. Die anderen Schülerinnen im Saal hatten keine Ahnung, wovon die Rede war.

Das machte die D-Rex rasch deutlich: „Durch einen Sieg bei dieser Meisterschaft wollen wir mehr gewinnen als einen Pokal. Wir wollen die Aufmerksamkeit des Landes gewinnen, vielleicht sogar der ganzen Welt. Begrüßen wir also noch einmal die Frau, die unserem Internat den Weg zu Ruhm und Anerkennung ebnen soll: Anja Norden!"

Nun trommelten und pfiffen die Erwachsenen, als seien sie keine Lehrkörper, sondern Knallkörper. Die Mädels klatschten eifrig mit - auch wenn außer mir wohl keine verstand, was für einen Hammer Frau Gerwinius da mal eben aus dem Ärmel geschüttelt hatte. Sichtbar zufrieden, nahm sie samt ihrer Pokalhoffnung wieder Platz am Lehrertisch.

Während dort die neue Kollegin begrüßt wurde, ging es bei uns turbulenter zu. „KLASSE!", platzte Kati heraus. „Wir werden berühmt! Die Idee könnte von mir sein!!"

Marie mahnte: „Erst müssen wir gewinnen."

„Kein Problem!", lachte Lisa „Wir kommen bestimmt ins Fernsehen!"

Hannah schüttelte den Kopf. „Erst mal in die Zeitung", meinte sie. „Aber das ist auch schon was wert."

Siedend heiß fiel mir ein, dass ich zwei Tage zuvor nicht nur Tobi zum Knobi begegnet war. Hastig erzählte ich von dem Journalisten, der im Reitstall Fotos gemacht hatte.

„Spinnst du?!“, ereiferte sich Lisa. „Wieso sagst du das erst jetzt?“

Anna stupste sie an. „Hat doch auch was Gutes, dass wir es erst jetzt erfahren“, sagte sie fröhlich. „Schon morgen früh wissen wir mehr - und dann heißt es dranbleiben ...“

Ups! Ich fühlte mich regelrecht ertappt. Natürlich würde ich dranbleiben! Doch als ich den Mund öffnete, um genau das zu sagen, schoss Hannah mir einen Verschwörerblick zu. Offenbar wollte sie, dass mein Geheimprojekt noch eine Weile geheim blieb. Obwohl ich aus der ganzen Heimlichtuerei nicht schlau wurde, hielt ich den Mund.

Trotzdem dachte ich bis zum Ende des Abendessens nur noch an mein Geheimbuch. Am allgemeinen Geplapper beteiligte ich mich überhaupt nicht mehr. Kaum war das Essen beendet, ließ ich die andern laufen und verdrückte mich in die Küche. Dort werkelte um diese Zeit nur Ida, das Lehrmädchen der Köchin. Wir kannten uns, denn bis vor Kurzem hatte Ida in meinem alten Reitstall gejobbt. Sie konnte kräftig zupacken und half beim Ausmisten oder Einstreuen, wenn Not an der Frau war. Seit wir uns auf Katzenfels wiedergetroffen hatten, war sie meine Verbündete, mein heimlicher Sesam-öffne-dich. Abends, wenn das Haupttor schon verschlossen war, ließ sie mich durch die Küche nach draußen, damit ich meinen Lieblingen im Stall gute Nacht sagen konnte.

Auch diesmal lief alles problemlos. Ida war Feuer und Flamme, als sie hörte, dass Schloss Katzenfels „den großen Pott" gewinnen sollte. „Warte", sagte sie und schnitt einen Apfel auf. „Nimm das hier für unsere Champions!"

„Danke." Lächelnd griff ich nach den Leckerbissen.

Auch Ida lächelte. „Vielleicht klappt's ja heute", ermunterte sie mich und zeigte mir ihre Faust mit dem gedrückten Daumen. Ich zuckte mit den Schultern, denn ich war keineswegs sicher, ob Jerry schon so weit war, mir aus der Hand zu fressen. Normalerweise klaubte er die Leckereien erst vom Boden auf, wenn ich weg war.

Auch diesmal nahmen Zora und Albatros die Apfelschnitze von meiner ausgestreckten Hand und ließen sich vertrauensvoll zwischen den Ohren kraulen. Jerry dagegen stand im hintersten Winkel seiner Box und tat, als interessiere ihn das alles nicht. Angespannt starrte er durch ein schmales Glasfenster auf den Reitplatz.

„Jerry", lockte ich. „Komm, Kleiner, ich hab was für dich!"

Jerry drehte sich nicht einmal um. Nur das Spiel

seiner Ohren verriet mir, dass er ganz genau merkte, was hinter seinem Rücken geschah.

„Schau mal, was ich habe", versuchte ich es noch einmal. Endlich sah Jerry mich an, aber seinen Schmollwinkel verließ er noch immer nicht. „Schau mal! Für dich!", wiederholte ich geduldig und streckte meinen Arm über die Boxentür. „Riech doch mal!", bat ich den kleinen Dickkopf und wedelte vorsichtig mit dem Apfel hin und her. Selbst mir stieg sein frischer Duft in die Nase, aber Jerry war hochnäsig. Aus kohlschwarzen Augen starrte er mich an und reckte sich dann wieder zu dem schmalen Fensterstreifen.

„Schon gut", seufzte ich. „Du guckst also lieber einen leeren Platz an, als dir bei mir einen Leckerbissen zu holen." Enttäuscht ließ ich die Apfelstücke fallen und zog meinen Arm zurück.

Im Stall war es mucksmäuschenstill. Albatros und Zora dösten vor sich hin, Jerry stand stocksteif am Fenster und starrte mich an. In diesem Moment hörte ich es: ein Kratzen. Ein Rascheln. Ein Minipliniwinzgeräusch, das mir niemals aufgefallen wäre, wenn ich noch mit Jerry gesprochen hätte. Ich spitzte die Ohren. Jerry auch, aber er schien nicht weiter beunruhigt.

„Na hör mal", fragte ich ihn, „bist du etwa das erste Pferd, das keine Angst vor Mäusen hat?" Dann schlich

ich auf Zehenspitzen ans Ende der Boxengangs, wo mehrere Ballen Stroh übereinanderlagen.

Ich machte mir nicht viel Hoffnung. Bis ich hinter das Stroh lugen konnte, war der kleine Körnerdieb sicher längst verschwunden. Doch als ich in den Winkel zwischen Strohballen und Bretterwand spähte, hätte ich beinah geschrien. Vor mir lag Molli, die schwarzweiße Katze des Hausmeisters – und hinter ihr balgten sich zwei gefleckte Kätzchen.

Molli hob den Kopf und musterte mich. Anscheinend fiel der Sicherheits-Check zu ihrer Zufriedenheit aus, denn plötzlich streckte sie sich, gähnte und entblößte dabei zwei Reihen spitzer Zähnchen – und eine kleine rosa Katzenzunge. Dann rollte sie ihr rechtes Vorderpfötchen ein und begann, sich ausführlich die Fußballen zu lecken.

Ich verhielt mich ganz ruhig, um die Katzenmami und ihre Jungen nicht zu erschrecken, doch mit einem Mal hörte Molli auf, sich zu putzen, und sah mich an. „Okay, okay", murmelte ich, „ich geh ja schon!"

Vor Jerrys Box blieb ich wieder stehen. Die Apfelschnitze lagen noch immer im Stroh.

„Du machst es mir wirklich schwer!", stöhnte ich und lehnte mich rücklings an die Boxentür. Dann fischte ich mein Notizbuch und einen Bleistiftstummel heraus und begann zu kritzeln. Thema: „Ein Stall voll Überraschungen".

Obwohl ich Jerry den Rücken zuwandte, wusste ich, dass er mich aus seiner Ecke beäugte. Nach einer Weile verriet mir ein Rascheln im Stroh, dass seine Neugier stärker war als seine Furcht. Da schob er tatsächlich seinen Kopf über die Boxentür und riskierte einen Blick über meine Schulter. Mein Herz schlug einen Purzelbaum, ich wagte kaum, mich zu bewegen. Jerrys Nüstern hingen über meinem Notizbuch. Allmählich bekam es Stallgeruch – für mich der schönste Duft der Welt.

Endlich klappte ich das Büchlein wieder zu, und Jerry zog sich zurück. Als ich mich umdrehte, war er schon wieder auf Abstand.

Zora und Albatros waren längst eingenickt, nur Jerry war noch munter. Er warf den Kopf zurück und schüttelte die Mähne. Unruhig tänzelte er hin und her. Dabei ließ er mich nicht aus den Augen. Offensichtlich wollte er, dass ich verschwand.

Bedauernd schob ich das Büchlein wieder in meine Hosentasche. Dann sah ich Jerry noch einmal an. „Das wird auch DEIN Buch,", sagte ich, aber Jerry antwortete nicht. Enttäuscht und erwartungsvoll zugleich schlich ich zurück ins Internat.

Katzengeheimnisse

In der Küche empfing mich Ida mit einer Überraschung. „Du wirst schon vermisst", sagte sie. „Deine Freundin hat nach dir gefragt. Die große mit der kräftigen Stimme. Du weißt schon: die nie normal gehen kann, sondern immer durchstartet, als wäre sie auf dem Sportplatz."

„KATI?" Ich runzelte die Stirn. Gleichzeitig musste ich grinsen. Ida hatte Katharina die Große wunderbar beschrieben. Dass sie nicht meine Freundin war, konnte sie ja nicht wissen. Jedenfalls nicht meine spezielle Freundin wie Sophie. Oder Tabea. Sogar mit Hannah verband mich mehr als mit Kati. Komisch, dass ausgerechnet sie mich gesucht hatte! „Was wollte sie denn?", fragte ich Ida, doch die zuckte mit den Schultern.

„Keine Ahnung", entgegnete sie. „Die war doch nur auf der Durchreise! Kam hier reingetrabt, tönte was von suuuperwichtig und Aufs-Zimmer-Kommen und war schon wieder rausgejoggt, noch ehe ich *Piep* sagen konnte." Idas Unmut war deutlich. „Wir sind doch nicht beim Militär!", schimpfte sie, warf sich in Hab-acht-Stellung und legte die Hand an ihre Stirn wie zum Soldatengruß. Trotz ihrer pummeligen Statur sah sie auf einmal ganz zackig aus. „Wünsche wohl zu ruhen, Rekrutin Arnold!", schnarrte sie. „Machen Sie Meldung beim Oberstabs-, äääh, Feldwebelgroßgeneral und dann: Abmarsch in die Federn!"

Lachend lief ich davon. Wenn hier jemand Feldwebelgroßgeneral war, dann allenfalls Lea. Sie hatte sich zwar gebessert, seit wir alle unter einem Dach wohnten, aber so ganz hatte sie ihren Kommandoton noch nicht abgelegt. Egal! Irgendwie gehörte er zu ihr wie die schwarze Gitarre zu Lisa, Bücher zu Hannah oder Ponys zu mir. War ja auch okay, solange die Gruppe nicht darunter leiden musste. Unter Leas Boss-im-Schloss-Gehabe, meine ich. Oder unter Lisas Yeah-yeah-yeah-Anfällen. Oder unter Hannahs Schreib- und Lesewut.

Erst als ich den Fuß auf das Katzenmusterparkett unseres Wohnflurs setzte, kam mir der Gedanke, dass meine Pferdebegeisterung womöglich gruppenschädigender war als Leas Boss-Manieren, Hannahs Buchtick und Lisas Rockerwahn zusammen. „Ins Fernsehzimmer kriegen mich abends keine zehn Pferde", murmelte ich und huschte an Leas Tür vorbei. „Und im Aufenthaltsraum Kati-ärgere-dich-nicht spielen ist auch nicht mein Ding".

Nun stand ich vor der nächsten Tür. Hier wohnten Kati und Sara. Ich klopfte an. Nichts! *Tock, tock!* Noch immer nichts! „Kaaatiiii?" Vorsichtig drückte ich die Klinke herunter. Ich wollte ja nicht, dass eines der beiden Temperamentsbündel, die ich dahinter vermutete, mich ansprang, weil ich ihr heiliges Vorabendnickerchen gestört hatte. Doch als ich um die Tür ins Zimmer lugte, sah ich ... nichts! „Äääh?", brummte ich und klopfte bei Lea und Marie. Wahrscheinlich hatten sich Kati und Lea mal wieder in der Wolle und brauchten nun eine neutrale Person als Streitschlichter. Mein Stimmungsbarometer stieg. Immerhin wurde ich gebraucht. „Naaa?", tönte ich, als ich die Tür öffnete. „Friede, Freude - oder Eierkuchen?"

Nichts davon, musste ich mir Sekunden später eingestehen, denn auch dieses Zimmer war leer. Komisch! Ida hatte doch ausdrücklich gesagt, die Oberfeldgeneralkommandeuse mit dem Trabrennschritt wollte mich „auf dem Zimmer" sprechen!

Auf einmal musste ich lachen. „Na klar!", rief ich und klatschte mir die flache Hand vor die Stirn. „Kati wartet in MEINEM Zimmer!" Hastig zog ich Leas und Maries Zimmertür wieder zu, ging mit großen Schritten an Katis und Saras Reich vorbei, ließ das Zimmer der Zwillinge links liegen und riss die Tür zu Sophies und meinem Zimmer auf. Auch hier herrschte gähnende Leere.

Jetzt wurde es mir zu bunt. Ohne anzuklopfen, stürmte ich in die Nachbarzimmer, doch weder die Zwillinge noch Hannah und Tabea waren zu Hause. Nur der Vollständigkeit halber packte ich zum Schluss noch die Klinke von Zimmer Nummer 6 und riss die Tür zu Laras Zimmer auf.

„Achtung!", hörte ich eine scharfe Warnung. Dann zischte jemand: „Setzen!" Im nächsten Augenblick war es mucksmäuschenstill. Als ich das Zimmer betrat, blickte ich in eine Allee artiger Mädchen: Rechts und links von mir saßen sie da, aufgereiht wie Hühner auf der Stange.

Plötzlich lachten sie los. „DU bist das!", prustete Lisa. „Wir dachten schon, die Lipp kommt!"

Ich grinste: „Habt ihr vor unserer Betreuungslehrerin etwa Geheimnisse?"

„*Sure!*", bekräftigte Lara. „*Some secrets are for cats only!*"

„*What* ... was macht ihr da?", stammelte ich. „Alle zusammen, ich meine ..."

Kati fiel mir ins Wort: „Du meinst, FAST alle! Alle bis auf *Miss Ponywhisperer*!"

Ich platzte heraus: „Ist das etwa ein Katzentreffen?!?"

„Wonach sieht's denn aus?", ereiferte sich Kati. „Jetzt sind wir sogar vollzählig! Ich hab schon fast nicht mehr daran geglaubt!"

Beschämt dachte ich daran, dass Kati sogar in der Küche nach mir gefragt hatte. Da maulte sie schon: „Tagelang höre ich mir Sophies Entschuldigungen an: *Julia liest Pferdebücher, Julia hält Pferdeklatsch in der Küche!* Mann, Blümchen, vielleicht hast du auch mal Zeit für uns?! Als du heute schon wieder verschwunden warst, bin ich einfach losgerannt, um dich zu suchen."

Ich strahlte Kati an. „Lieb von dir", bedankte ich mich, doch Kati winkte ab. „Du warst aber nicht in der Küche! In deinem Zimmer auch nicht. Wo hast du dich denn versteckt, wenn nicht mal Sophie etwas weiß?" Dann sagte sie mir auf den Kopf zu: „Du warst bei den Pferden." Es war keine Frage, sondern eine Feststellung, und sie klang ziemlich scharf.

„Na und?", sagte ich trotzig. „Das sind meine Freunde!"

„AUCH Freunde, *I'd say*", korrigierte mich Lara. „Ick wurde sagen: Sie sind AUCH deine Freunde. Vergiss die Katzen nicht vor lauter Pferden!"

Mein Herz schlug schneller. „Gutes Stichwort!", rief ich und war froh, dem Gespräch eine andere Richtung zu geben. „Im Pferdestall gibt's Katzen. Molli hat geworfen. Ich hab sie mit ihren Jungen hinter den Strohballen gefunden."

Schlagartig war die Stimmung entspannt. „ECHT?", rief Kati, „Wie viele?", fragte Lisa, und Anna: „Wie sehen sie aus?"

„Wir müssen Herrn Weiß Bescheid geben", fand Hannah, doch Sara sah das anders. „Warum bechalten wir sie nicht einfach?", fragte sie.

„Weil die D-Rex keine Tiere im Internat erlaubt", erinnerte Kati, doch dann blitzten ihre Augen. „Mal sehen, was sich tun lässt ..."

Lara strahlte bis über beide Ohren. „GREAT! *Kitty cats are* SOO *cute!*", rief sie in hellem Entzücken.

„Solange sie nicht kratzen", erinnerte Marie, und Lea sagte streng: „Womit wir wieder beim Thema wären ..."

Sie übertönte alle. Auch deswegen war sie mir in diesem Moment extrem unsympathisch. Schlagartig war der Kuschelkätzchen-Wohlfühl-Faktor verflogen und ich fühlte mich wieder wie auf der Anklagebank.

„Nun sagt schon!", drängte ich. „Was geht hier eigentlich ab?"

„Na, DU gehst uns ab!", rief Lisa. Ihre Zwillingsschwester assistierte: „Zähl doch mal nach - und dann RATE!" Dabei sah Anna mich so bedeutungsvoll an, dass ich tat, was sie verlangte. Als ich einmal durchgezählt und mich selbst dabei mit eingeschlossen hatte, fragte ich verwirrt: „Elferrat? Karneval?"

Alle lachten. „Nein, du Pappnase!", rief Lea. „Im Gegenteil: Wir beraten über den Ernst der Lage! Preise, Presse, Pokale - was du willst. Aber wenn dich die Elf stört, darfst du gern noch Nick dazurechnen. Der ist schließlich so was wie unser Ehrenmitglied. Schade, dass er nicht hier sein kann! Andererseits ist die Elf besser als ein rundes Dutzend ..."

Ich verstand immer weniger. Da kramte Sophie einen mehrfach zusammengefalteten Zettel aus ihrer Tasche und reichte ihn mir. „EILT!" stand darauf. „Nur für Julia persönlich." Das letzte Wort war dreimal unterstrichen. „Na los!", drängte Sophie. „Lies vor!"

Das tat ich und trug vor, was klang wie ein Rätsel: „8ung, 11errat! Katzentreffen LKR. WICHTIG!"

Zehn Augenpaare starrten mich an. Ich kam mir vor wie eine Verräterin.

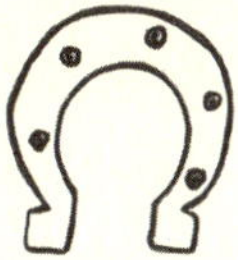

Donnerlippchen – Schluss mit lustig!

„Was guckt ihr denn so?“, beschwerte ich mich. „Ich kann doch nichts dafür, dass mich die verschlüsselte Botschaft nicht erreicht hat! Sonst hätte ich ja gewusst, dass wir uns elf Mädels hoch in ‚Lara Katzberg‘s Room‘ treffen wollen – ich weiß doch, was LKR heißt ...!“

Lea giftete: „Aber du bist die Einzige, die eine schriftliche Einladung braucht. Kati hat uns nach dem Essen zusammengetrommelt. Nur DU warst unauffindbar – zumindest für die meisten von uns.“

„Bis auf Sophie“, schob Kati nach. „Aber die war auch keine Hilfe.“

Sophie schluckte. Ihre Blicke wanderten von mir zu Kati. „Ich konnte meine Freundin doch nicht verraten“, sagte sie dann mit fester Stimme. „Es sollte doch keiner wissen, dass sie abends noch mal rausgeht! Und dass

Ida ihr die Hintertür öffnet schon gar nicht. Also hab ich in unserem Zimmer eine Nachricht geschrieben, die ich Ida zustecken wollte. Verschlüsselt – damit sie nicht hinter unser Geheimnis kommt. Ida sollte Julia die Nachricht überbringen, sobald die Luft rein war. Das war der Plan. Aber dann kam Tabby, und der Plan war gestorben – ich musste den Zettel verschwinden lassen. Tabby war doch die Letzte, der ich Julias Geheimnis verraten konnte!"

Hach, du Schande! Jetzt wurde es aber wirklich peinlich! Auch Tabea fühlte sich nun unwohl. Wie ein Häufchen Elend stand sie zwischen Sophie und mir und sah verlegen von einer zu andern.

Wahrscheinlich war sie genauso erleichtert wie ich, als plötzlich eine drollige Stimme ertönte. „BASTA!", rief Sara in komischer Verzweiflung. „*Basta ya!* Genuck ist-e genuck! Schluss mit lustig, sonst muss ich trennen!"

„Trennen?", echote ich erstaunt, und Sara wiederholte, noch eifriger als zuvor: „*Sí, claro!* Trennen! Trennen, *comprende?* Verstehst-e du nicht? Trennen: Wasser aus Augen, huhuhuuu!" Eifrig rieb sie sich die Augen und schniefte dazu wie ein Schlosshund.

Ich konnte nicht anders: Ein Grinsen machte sich auf meinem Gesicht breit. Trotzdem versuchte ich, ernst zu bleiben. „TRÄNEN heißt das, Sara", betonte ich. „Tränen! Aber was du meinst, ist Weinen. Beim WEINEN fließen TRÄNEN. *Comprende?*"

Sara winkte ab. „Egaal!", rief sie. „Trennen, Weinen, egal! Ich will beide nicht!! Also: Schluss damit, wir chabben ein Versammlung! Also, *chicas*: Friede ... und *amor*!"

Sophie lachte. „Fliegenschiss im Kräuterquark, zusammen sind wir doppelt stark!", rief sie und zwinkerte Tabea und mir zu.

Doch Kati überschrie alle: „Manno! Genau darum geht's doch! Deshalb sind wir doch hier!!"

In diesem Moment klingelte es bei mir: Der alte Kampfruf der Katzberger Mädchenbande! Die *Kess-Catz* als neue Gruppe – mit Namen, aber ohne Auftrag. Und vor allem: ohne Kennwort! Ohne jeden Spruch, der uns verband ... War DAS der Grund für unsere Zusammenkunft?

Schnell erklärte Lea den drei Neuen das Nötigste: „An unserer alten Schule hatten wir eine Clique. Acht Mädchen, drei Jungs. Vor allem Nick, aber auch Alex und Chris waren manchmal dabei. Dann waren wir elf – genau wie jetzt. Wir hatten ein Passwort am Telefon, einen eigenen Treffpunkt und vor allem: einen eigenen Kraftspruch, den Sophie gerade zitiert hat. Dabei standen wir im Kreis, legten unsere Hände übereinander und bewegten die Arme auf und ab. Am Schluss rissen wir die Arme hoch und kreischten, so laut wir konnten. Das war die *Rakete*." Lea lächelte wehmütig.

„WOW!", machte Lara, und es klang wie das Fauchen einer Katze. „*That sounds good!* Und ... *what about the KessCatz?* Wir gehoren doch auch zusammen, oder?"

Ein paar von uns nickten. Ich sagte: „Irgendwie schon. Aber nur theoretisch. Es gibt ein Abzeichen, aber keine Regeln. Kein Clubhaus, keinen Treffpunkt – und kein gemeinsames Projekt." Das Notizbuch in meiner Tasche war auf einmal schwer wie Blei. Vom pinken Wunder verwandelte es sich in einen Gewissenspiekser. Hilfe suchend sah ich zu Hannah, doch die hatte nur Augen für Kati.

Während ich sprach, war Kati immer zappeliger geworden. Jetzt flatterte sie mit den Händen wie ein Huhn auf Speed. Vor lauter Aufregung konnte sie kaum sprechen. „DASISSES, DASISSES!", wiederholte sie immer wieder. „Das will ich doch ändern! Deswegen wollte ich die Katzenkonferenz! Ich finde, wir müssen ..."

Doch was Kati fand, erfuhr an diesem Abend keiner mehr. Die Tür flog auf, und unsere Betreuungslehrerin stand vor uns wie ein Racheengel. „... AUF DER STELLE ins Bett – UND ZWAR ALLE!", verkündete sie und übertönte damit sogar Kati. „In fünf Minuten liegt ihr in den

Federn, und bis dahin will ich keinen Ton mehr hören. Schluss mit dem Geschrei! Heute Abend habt ihr genug Radau gemacht, Donnerlittchen noch mal!!!"

Lippis Auftritt verschlug uns allen die Sprache. Erschreckt stoben wir davon. Die einen stürzten in ihre Zimmer und dort kopfüber in die Nachthemden, die anderen mussten vorher noch einen Zwischenstopp im Waschraum einlegen, wo eifriges Zähneputzen das letzte Gegacker erstickte.

Exakt fünf Minuten später drehte Sandra Lipp ihre Runde. Da lagen schon elf Mädchen in abgedunkelten Zimmern, mucksmäuschenstill und die Bettdecke bis ans Kinn gezogen.

„Nacht, Sophie!", raunte ich, als draußen alles still war und die Schritte unserer Betreuerin sich in Richtung Lehrerflur entfernten.

„Ruhe!", maunzte Sophie im Halbschlaf. „Schluss mit lustig! Donnerlippchen noch mal!"

Ich hielt mir mein Kissen vor den Mund, um nicht laut loszulachen. Sogar im Halbschlaf war der wandelnde Glückskeks noch gut für einen Witz – auch wenn es in Wahrheit ein Versprecher war. Nach den Aufregungen dieses Tages freute ich mich nun umso mehr aufs nächste Katzentreffen. Diesmal mit Plan und ohne Donnerlippchen.

Ein Artikel, ein paar Antworten – und noch mehr Fragen

Beim Frühstück hatte ich die Lacher auf meiner Seite, als ich Sophies Erfindung zum Besten gab. Sogar Anna, die mit flotten Sprüchen sonst wenig anfangen konnte, bekräftigte mit einem Grinsen: „*Donnerlippchen noch eins*, DEN Namen behält sie!"

Lea gluckste vor Vergnügen und sagte: „Ich glaube, unser Glückskeks braucht eine neue Bezeichnung! Wie wär's mit ‚Sophie, der Spruch-o-mat'?"

Sophie gab sich gekränkt. „So eine Respektlosigkeit würde mir doch nie im Traum einfallen! Wahrscheinlich hat Julia sich verhört. Ihr wisst ja: ‚Hast du Zahnpasta im Ohr, kommt dir alles leiser vor.'"

Alle kicherten, und Lea fragte gut gelaunt: „Was denn: Bist du nun wach oder noch im Traum? Das war doch schon wieder spruchreif!"

„Ooch“, konterte Sophie, „ich bin zwar furchtbar müde, aber zum Glück geht's gleich in den Unterricht.“

„Spinnst du?“, empörte sich Lea, doch Sophie sprach einfach weiter. Todernst ergänzte sie: „Lieber eine Stunde Schule als überhaupt kein Schlaf!“ Dann legte sie nach: „Auch Schlafen ist eine Form der Kritik – vor allem in der Schule.“

Das allgemeine Kichern verstummte, sobald Frau Gerwinius den Raum betrat. Ihr Gesichtsausdruck verhieß nichts Gutes. Mit der zusammengerollten Zeitung in ihrer Hand sah sie aus, als wollte sie jemanden verprügeln. Stracks marschierte sie an uns vorbei zum Lehrertisch und klatschte die Zeitung neben ihr Gedeck. Dann griff sie nach ihrem Stuhl. Er gab ein hässliches Quietschen von sich, als sie ihn unter dem Tisch hervorzog, um sich zu setzen.

Wir verrenkten uns fast den Hals, um nur ja nichts zu verpassen. Doch zu sehen war wenig: eine Direktorin, die verärgert nach einem Brötchen griff, Lehrerinnen und Lehrer, die die Köpfe zusammensteckten, eine aufgeschlagene Zeitung, die von Platz zu Platz gereicht wurde und bei einem nach dem andern Kopfschütteln auslöste.

„Na klasse!“, unkte Kati. „Was ist DER denn über die Leber gelaufen?“

Lea kombinierte: „Vielleicht ist der Artikel zu kurz. Oder zu schlecht. Oder ganz einfach falsch."

Ich überlegte. „Vielleicht fehlt ein Interview", schlug ich vor.

„Mit den Pferden?", fragte Kati, doch Sara tuschelte: „*Nononooo!* Mit der *directora* persénlich!"

Nur Hannah blieb ruhig. „Also, eines weiß ich", hielt sie fest. „Unser Lokalreporter kann den Artikel nicht geschrieben haben, wenn er so schlecht ist. Vielleicht ein Praktikant?"

Doch meine Beschreibung half ihr auch nicht weiter.

Zum Glück hatten wir gleich in der ersten Stunde Deutsch. Als Marie vorschlug: „Wir könnten doch mal zusammen Zeitung lesen", musste Frau Robben schmunzeln.

„Ihr meint ... DIESE Zeitung?", fragte sie, zog eine Zeitung aus ihrer Tasche, die schon an einer bestimmten Stelle aufgeschlagen war, und hielt sie hoch.

Selbst ich in der vorletzten Bank konnte lesen, was in fetten Buchstaben über der Seite stand: „Katzberg und Umgebung." Darunter prangte ein großformatiges Foto, doch nach Pferden sah es nicht aus. Eher nach ... Menschen. Menschen, die eng zusammenstanden. Vielleicht ein Verein oder so. Dachte ich, aber Marie, die weiter vorne saß, fragte schon: „Gibt es außer dem Bericht über den Angelausflug des Bürgermeisters vielleicht noch ein anderes Foto? Vielleicht auf der nächsten Seite?"

Frau Robben winkte ab. „Dort geht es schon um die Nachbargemeinden", sagte sie. Dann tippte sie auf den unteren Teil der äußeren Spalte. „Hier bei den Kurznachrichten steht etwas, das euch interessieren könnte", meinte sie und reichte die Zeitung weiter an Kati.

Mit kräftiger Stimme las Kati vor: „Ehrgeizige Pläne: Internat braucht neue Schülerinnen. Um landesweite Aufmerksamkeit zu bekommen, strebt das neu gegründete Internat Schloss Katzenfels die Teilnahme an wichtigen Reitturnieren an. Durch Siege bei Pferderennen hofft die Direktorin, Silvia Gerwinius, die Startschwierigkeiten der Schule hinter sich zu lassen. Bisher werden auf Katzenfels nur zwei Klassen unterrichtet. Das könnte sich durch Erfolge bei Wettkämpfen verschiedenster Art sehr schnell ändern. Neben Reitturnieren soll die Internatsschule auch bei Jugendsportmeisterschaften, Mathematik- und Musikwettbewerben punkten, so Gerwinius."

„So Gerwinius", brummte Kati. „Blöder kann man sich wohl kaum ausdrücken."

Frau Robben nahm die Zeitung wieder an sich. „Knapper aber auch nicht", sagte sie. „Diese Kurzform eines Artikels nennt man Meldung. Dabei werden nur die wichtigsten Tatsachen, die so genannten Fakten, weitergegeben. Man erhält sie, wenn man mindestens vier der fünf W-Fragen beantwortet: Wer? Was? Wann? Wo? Und eventuell: Warum? Versucht mal, diese Fragen der Reihe nach mit den Informationen aus dem Artikel zu beantworten."

Das war natürlich kein Problem. Alle Informationen waren kurz und knapp gehalten. Nur eine Antwort warf weitere Fragen auf.

„WAS?", rief Kati. „Jugendsportwettkämpfe? Klasse! Da kann ich auch was für die Schule tun."

Lisa jubelte: „Musikwettbewerbe, yippieh!"

Und Marie konnte man ihre Vorfreude auf die nächste Mathematikolympiade schon an der Nasenspitze ablesen.

Nur Lea maulte: „Wär das nicht mit einem Foto viel besser gewesen? Ich meine, wegen der Aufmerksamkeit des ganzen Landes und so."

Hannah ergänzte: „Ein Interview mit unserer Reitlehrerin wäre auch gut gewesen. Die soll den Preis doch schließlich holen."

An dieser Stelle fiel es mir wie Schuppen von den Augen. Die ganze Zeit hatte ich gespürt, dass irgendwas mit den Informationen des Artikels nicht in Ordnung war. Jetzt wusste ich endlich, was: „Das mit den Siegen bei Pferderennen ist doch Blödsinn!", rief ich. „Anja Norden ist Dressurreiterin. Das hat mit Pferderennen nichts zu tun."

Die Mädels sahen mich verdattert an. Offenbar hatten sie keinen blassen Schimmer, was Pferde alles können.

Frau Robben schaffte es, gleichzeitig mich zu loben und die andern zu entschuldigen. „Seht ihr", fasste sie zusammen, „so verschieden sind die Ansprüche an einen Artikel. Wer Experte auf einem Gebiet ist, erwartet Korrektheit bis in die kleinste Kleinigkeit. Alle andern sind mit weniger Informationen zufrieden – soweit sie sachlich sind. Eventuelle Fehler fallen ihnen dabei gar nicht auf. Übrigens ..." Sie machte eine Pause und dachte nach. Dann sagte sie mit Nachdruck: „Vielleicht ist dieser Artikel gar nicht so sachlich, wie es scheint." Rasch zählte sie auf: „Da sind zum einen Größe, Platzierung und Präsentation der Nachricht. Sie ist klein, weit unten auf der Seite und besteht nur aus Text. Lea hat recht: Ein Foto hätte für mehr Aufmerksamkeit gesorgt. Ein Gespräch mit eurer Reitlehrerin natürlich auch. Dadurch hätte sich vermutlich auch das Missverständnis über die Art des geplanten Turniers vermeiden lassen. Die Frage ist aber auch, ob der Hinweis auf die bisher recht geringen Schülerzahlen sachlich genug ist. Von ‚Startschwierigkeiten' zu sprechen, ist fast schon ein Kommentar. Der Journalist gibt seine persönliche Meinung ab, anstatt nur Tatsachen zu berichten."

Nach einer weiteren Pause gab sie sich einen Ruck und sagte: „Mal ganz davon abgesehen, dass der Hinweis wenig hilfreich ist. Das klingt ja fast so, als würde uns keiner vertrauen. SO hatte Frau Gerwinius sich die Werbung für unsere Schule bestimmt nicht vorgestellt. Und ich persönlich auch nicht."

„Wir vielleicht?!", ereiferte sich Kati. „Das ist doch unter aller Klarinette!"

Marie sinnierte: „Im Vergleich mit dem Riesenbericht über den Angelausflug des Bürgermeisters wirkt unser Artikel noch lächerlicher. Richtig popelig sieht er daneben aus. Oder vielmehr: darunter. So richtig wie ‚unter ferner liefen' ..."

Lea legte den Finger an die Nase und grübelte: „Aber der Bürgermeister war es doch, der sich mit dem Internat schmücken wollte. Der mit all seinen Parteifreunden darüber beraten hat und der damit nicht nur Katzberg, sondern vor allem sich selbst aufwerten wollte. Da müsste es doch in seinem Interesse sein, dass groß und breit über Schloss Katzenfels berichtet wird."

Frau Robben seufzte. „Das sollte man meinen", gab

sie Lea recht, „aber der Bürgermeister macht nicht die Zeitung. Er bestimmt auch nicht, was wie groß hineinkommt. Das hoffe ich jedenfalls. Schließlich haben wir eine freie Presse. Und die fand offenbar die Anwesenheit einiger Minister und hoher Beamter wichtiger als einen bloßen Plan. Ich vermute mal, wenn es konkrete Ergebnisse gibt, wird mehr über uns berichtet."

Damit war das Thema beendet - zumindest im Deutschunterricht. In der Pause diskutierten wir natürlich weiter. Nach Schulschluss auch und beim Mittagessen erst recht. Da kam uns die neueste Ansage unserer D-Rex gerade recht: „Heute entfallen die Neigungsgruppen um 16 Uhr, also die Rock/Pop-Gruppe, die Lenkdrachen-Gruppe und die Theatergruppe. Stattdessen sind ALLE Schülerinnen - und natürlich auch die Lehrerinnen und Lehrer - eingeladen, sich anzusehen, womit und wie wir den Großen Preis gewinnen wollen. Frau Norden gibt um 16 Uhr eine Vorführung auf dem Reitplatz. Ich denke, dabei können wir alle sehr viel lernen."

Eine Lektion im Flüstern

Am liebsten hätte ich mich direkt nach dem Mittagessen auf den obersten Balken des Reitplatzzauns gehockt und die Pferde beim Aufwärmtraining beobachtet. Anja Norden musste ja nicht nur Albatros einarbeiten. Zora und Jerry brauchten kaum weniger Bewegung als der künftige Star der Truppe. Sicher hatte die Pferdeflüsterin schon am Wochenende mit allen dreien gearbeitet.

Seit Sonntagabend musste ich ständig an Oles Standardspruch denken: „Der gute Albatros ist nun mal kein Champion – und das wird er in diesem Leben auch nie mehr werden.“ Bisher hatte ich an dieses Geblubber keinen Gedanken verschwendet. Jetzt fragte ich mich, wer den größeren Pferdeverstand hatte: Ole oder die Direktorin.

Mir war es egal, ob Albatros Turniere gewann. Das interessierte mich genauso wenig wie die Frage, ob Zora fliegen kann, oder die Fremdsprachenkenntnisse von Jerry, nämlich gar nicht. Mich interessierte eher, wie Anja Norden das tägliche Training aufbaute und vor allem: wie sie mit Jerry umging. Aber die D-Rex hatte nur die Kurse um 16 Uhr ausgesetzt, alles andere lief wie gewohnt. Die Hausaufgabenrunde fand also statt und die Vertiefungsgruppe Mathematik, zu der ich dreimal pro Woche ging, um meine Schwäche in diesem Fach auszubügeln, leider auch.

So kam ich als eine der Letzten beim Reitplatz an. Rundherum drängten sich die Zuschauer. Doch trotz der Spannung, die über dem Platz lag, war es merkwürdig still. Normalerweise schwirrte die Luft vor Geschwätz und Gelächter, wenn mehr als zwei Mädchen zusammen waren. Hier waren es an die dreißig, aber es war fast so still wie in einem Konzertsaal vor der Aufführung. Nur gedämpftes Flüstern war zu hören.

Leider wurde mir das erst hinterher bewusst. Als ich eine Minute vor vier endlich ankam, war ich so in Fahrt, dass ich nur Augen für „meinen" Platz auf der obersten Stange hatte. Dass alle anderen ein Stück weit vom Zaun entfernt standen, fiel mir ebenso wenig auf wie die feierliche Stille. Ich könnte mich jetzt noch ohrfeigen, wenn ich daran denke, was dann geschah: Ich suchte Sophies hellblonden Haarschopf in der Menge und steuerte auf sie zu. Mit einem atemlosen „Hi" schob ich sie zur Seite und schwang mich auf den Zaun.

Anja Norden und Albatros standen in der Mitte des Platzes. Die Pferdetrainerin führte den schneeweißen Hengst an einer mehrere Meter langen Longe. Er tänzelte hin und her und spielte nervös mit den Ohren. Im selben Augenblick, als mein Po den Zaun berührte, drehte er durch. Er stieg auf die Hinterbeine, wieherte schrill und preschte davon.

Die ganze Szene kam mir merkwürdig bekannt vor. Am Freitag war es Abraxas gewesen, der vor einem Möchtegern-Cowboy gescheut hatte und von mir beruhigt werden musste. Diesmal war ich selbst der Pferdeschreck und konnte beobachten, wie Anja Norden mit der Situation umging.

Albatros kam nicht weit. Sobald die Longe sich spannte, drehte er den Hals und sah über die Schulter zu seiner Trainerin. Als ihre Blicke sich trafen, warf sie die Longe mit großer Geste hinter dem Hengst her. Aber sie hob ihren Arm nicht über den Kopf. Albatros fühlte sich also nicht bedroht. Im Gegenteil: Er begriff sofort, dass er nun frei war. Trotzdem blieb er stehen. Nachdenklich betrachtete er die auf dem Boden liegende Longe. Dann blickte er wieder zu Anja Norden. Sie sah ihm in die Augen und hob die Hand. Das war alles.

Wir hielten den Atem an. Das große Pferd drehte seine Ohren vor und zurück, doch diesmal folgte keine Panikreaktion. Albatros senkte den Kopf, leckte sich die Nüstern und begann, mit dem Unterkiefer zu mahlen. Dann kam er Schritt für Schritt auf Anja Norden zu. Sobald er sich ihr auf etwa fünf Meter genähert hatte, ließ sie den Arm sinken und legte ihre geschlossene Faust an ihre Gürtelschnalle. Gleichzeitig drehte sie sich weg und sah zu Boden. So blieb sie stehen - mit gesenktem Kopf und hängenden Schultern. Ihre rechte Schulter zeigte auf Albatros.

Der große Hengst zögerte. Endlich trottete er auf sie zu und blieb in einigem Abstand respektvoll stehen. Mit der Nase hätte er Anja Nordens Ellenbogen berühren können, aber er tat es nicht.

Anja Norden drehte sich langsam zurück, hob die Hand und legte sie Albatros auf die Stirn - an der empfindlichsten Stelle, genau zwischen den Augen. Dann ging sie langsam davon. Albatros folgte ihr wie ein Hündchen: immer bei Fuß, immer einen Schritt hinter ihrer Schulter.

Die Trainerin drehte ab und änderte die Richtung nach Belieben, doch das große Pferd folgte ihr, als seien sie durch ein unsichtbares Band verbunden. Nach einigen Wendungen blieb Anja Norden wieder stehen und bückte sich nach der herabhängenden Longe. Als sie das lose Ende wieder fest in ihrer Hand hielt, gab sie Albatros ein Zeichen. Dann drehte sie ihm den Rücken zu und ging ein paar Schritte zur Seite.

Mit hoch erhobenem Kopf blieb Albatros stehen. Jetzt konzentrierte er sich voll und ganz auf seine Lehrerin. Jede Faser seines Körpers war gespannt. Die Ohren spielten nicht mehr. Sie waren ebenso auf Anja Norden gerichtet wie seine Augen. Nur sein Körper stand quer zu ihr. Auf ihr Kommando hin begann er, im Kreis um sie herumzulaufen.

Als Albatros antrabte, warf mir Anja Norden einen blitzschnellen Blick zu. Ich erstarrte. Schon bei Albatros' erstem Scheuen hatte Sophie mich am Arm zurückgerissen und mir ins Ohr gezischt: „RUNTER! Mensch, Julia – Albatros ist so viel Publikum nicht gewöhnt, sagt die Norden. Wir müssen uns ganz ruhig im Hintergrund halten."

Das tat ich jetzt und schämte mich schrecklich. Doch so empfindlich Albatros auch sonst war – jetzt hatte er nur noch Augen und Ohren für seine Trainerin.

Was nun folgte, war ein Traum in Weiß. Nur mit ihrer Stimme und mit Hilfe einer Reitgerte dirigierte Anja

Norden den Hengst zu märchenhaft schönen Figuren. Er trabte mit kurzen Schritten auf der Stelle und nahm dabei die Beine so hoch, dass er zwischen den einzelnen Schritten zu schweben schien. Präzise wie ein Uhrwerk bewegten sich seine Beine immer weiter, während sich die Kruppe senkte. Kopf, Hals und Schultern blieben auf derselben Höhe wie bisher, nur die Hinterbeine knickten ein. Fast schien es, als würde er Männchen machen. Danach trabte er wieder vorwärts und zog dabei die Schienbeine fast waagrecht unter den Bauch. Halb sprang er, halb schwebte er. Noch nie hatte ich ein Pferd gesehen, das sich bewegte wie beim Ballett. Mir fiel die Aufführung von „Schwanensee" ein, die ich mit meinen Eltern an Weihnachten besucht hatte.

Da nahm Anja Norden Albatros die Longe wieder ab und ließ ihn eine Pirouette drehen. Mit acht kleinen Hopsern rotierte er einmal um die eigene Achse - so eng, dass sein rechter Hinterhuf dabei auf einen Teller gepasst hätte. Oberkörper und Hals bog er seitlich zurück, als wollte er sich selbst den Huf küssen. Es folgte eine Pirouette rückwärts, bei der er die Hufe so hoch anhob wie ganz zu Anfang. Diesmal sah er wirklich aus wie eine Ballerina im weißen Röckchen.

Anschließend führte Albatros noch andere Dressurfiguren vor. In unterschiedlichen Gangarten folgte er dem Zaun an zwei Seiten, bog dann kurz vor der Ecke ab und trabte schräg über den Platz, den er zum krönenden Abschluss noch im Zickzack durchquerte.

Als Albatros vor seiner Trainerin noch eine Doppel-Acht lief, konnte ich mich nicht mehr halten und begann zu applaudieren. Nach kurzem Zögern klatschte das ganze Publikum – leise und ohne Jubel. Doch diesmal ließ Albatros sich nicht verunsichern. Er konzentrierte sich voll und ganz auf Anja Norden, die leise zu ihm sprach. Außerhalb des Platzes war kein Wort zu verstehen. Ich sah nur, wie ihre Lippen sich bewegten. Aber Albatros drehte ihr seine Ohren zu, um nur ja keinen Ton zu verpassen.

In diesem Moment wurde mir klar, was wir eben erlebt hatten: eine Lektion im Pferdeflüstern.

Extratouren

„Danke!", sagte Anja Norden mit einem Lächeln. Dann hob sie die Hand, und der Applaus verstummte. Alle erwarteten ein weiteres Dressurwunder.

Doch die Dressurmeisterin wollte nur, dass alle ihr zuhörten. „Albatros hat bewiesen, was er kann", sagte sie. „Und ihr habt ihm bewiesen, dass Menschenmengen nichts Bedrohliches sind. Bitte sorgt dafür, dass er diesen Eindruck behält! Schont ihn und seine Nerven, indem ihr euch jetzt zurückzieht - ohne Rennen und Schubsen, ohne Lachen und Geschrei. Danke!"

Sophie und ich grinsten. Vereinzelt hörte man unterdrücktes Kichern. Lea sprach aus, was alle dachten: „Ob die Lehrer DAS schaffen? Nicht drängeln, nicht schubsen ... das wird schwierig!"

Natürlich hörten nicht nur wir, was Lea sagte. Frau

Gerwinius warf ihr einen strafenden Blick zu, verkniff sich aber jeden Kommentar. Sie hätte sich wohl lieber die Zunge abgebissen, als ihren künftigen Turnierstar zu erschrecken.

„Schade dass wir kein Turnierpferd in der Schule haben!", seufzte Lea. „Oder wenigstens auf unserem Wohnflur! Das würde die Gespräche mit Lehrern und Betreuern viel angenehmer machen ..."

„Und vor allem viel kürzer!", ergänzte Kati und grinste, als hätte sie selbst diesen Witz erfunden.

Lea verdrehte die Augen und seufzte wieder. Dann wandte sie sich um und ging - so leise, dass nicht mal Kati es mitbekam. Die tuschelte mit Sara und war abgelenkt.

Wahnsinn - diesen Moment musste ich nutzen! „Bis zum Abendessen!", raunte ich Sophie zu und verdrückte mich, noch ehe sie fragen konnte, was ich vorhatte. Mein Plan war einfach: Ich wollte im Schutz der Büsche den Stall umrunden und von der anderen Seite zum Reitplatz zurückkehren. Die Vorführung war zwar beendet, aber das Training interessierte mich genauso.

Während alle anderen leise zum Haupthaus marschierten, huschte ich im Schatten der Stallwand zurück zum Dressurplatz. Hinter der Regenrinne hielt ich an und beobachtete, wie Anja Norden Albatros sattelte und zäumte. Dann stieg sie auf und ließ ihn ein paar Schritte gehen. Ich hielt mich ganz ruhig, aber Albatros bemerkte mich trotzdem. Er ging brav weiter, aber ein Zucken seiner Ohren, ein leichtes Kopfschütteln, ein kurzes Schnauben verrieten mich.

Sofort wandte Anja Norden den Kopf und sah mich an. „Na“, fragte sie lächelnd, „wieder mal auf Extratour?“

Am liebsten hätte ich mich unsichtbar gemacht. Ging aber nicht. Deshalb blieb ich einfach stehen und wartete ab.

Albatros und seine Reiterin näherten sich dem Zaun. „Hallo, Cowgirl!“, sagte Anja Norden.

Das war fies. Mein „Cowgirl“-Sprung auf den Zaun war ja wohl die uncoolste Nummer des Jahres gewesen. „Ähm, also ...“ Ich wollte mich entschuldigen, wusste aber nicht wie.

Das Lächeln der neuen Reitlehrerin wurde immer breiter. Eigentlich war es schon fast ein Grinsen. Aber ein nettes. „Du magst Pferde“, stellte sie fest, „stimmt's?“

„Stimmt!“, dachte ich und erinnerte mich, wie Hannah mir dieselbe Frage gestellt hatte. Sofort fiel mir das pinke Wunder ein – mein Pferdegeschichten-Geheimbuch. Es steckte in meiner Hosentasche und wartete nur darauf, mit Geheimnissen gefüttert zu werden. Zum Beispiel darüber, wie man es schafft, dass Pferde bei Fuß gehen. Vor allem, wenn sie Sekunden zuvor noch durchbrennen wollten.

Anscheinend konnte Anja Norden Gedanken lesen. Sie schmunzelte und fragte: „Was möchtest du denn wissen?"

„ALLES!", stieß ich hervor. „Wie man Pferden beibringt, zu einem zu kommen, obwohl sie genauso gut fortlaufen könnten. Mit welchem Trick man sie bei Fuß gehen lässt, und vor allem: woher Albatros diese Dressurlektionen kann."

Anja Norden fragte zurück: „Kannst du reiten?"

Ich nickte. „Normalerweise schon", sagte ich und hasste mich dafür. Was sollte denn das bedeuten?

Die Reitlehrerin fragte sich das wohl auch. „Was heißt das?", wollte sie wissen und sah mich gespannt an.

„Naja", gestand ich, „normalerweise reite ich sehr gut, aber hier durfte ich es bisher nicht, und ich frage mich sogar, ob ich es überhaupt will. Albatros ist mir zu groß, Zora zu lieb und Jerry ... naja ... ist eben Jerry. Er ist einfach schwierig."

Anja Norden sagte gar nichts. Aber sie stieg ab und machte mir ein Zeichen, über den Zaun zu klettern. Das tat ich, diesmal aber nicht wie ein Cowgirl, sondern wie eine Oma, die zum ersten Mal aufs Moped steigt – nur, um Albatros nicht zu erschrecken.

Als ich endlich neben ihr stand, setzte sich Anja Norden in Bewegung. Ich lief mit – genauso vertrauensvoll wie der Hengst. Die Trainerin hatte seinen Zügel wieder losgelassen. Wie zuvor bei der Show trottete der große, weiße Hengst hinter ihr her, als seien sie durch ein magisches Band miteinander verbunden.

„Siehst du", erklärte sie, während wir hin- und hergingen, „wir laufen zu dritt in dieselbe Richtung, wie eine kleine Herde. Aber ich bestimme, wohin es geht. Albatros hat mich als Anführer anerkannt, obwohl er größer und stärker ist als ich. Pferde sehen das ganz locker: Wer die anderen am besten führen kann, ist der Boss. Egal ob er groß oder klein ist, Hengst oder Stute. Kraft ist nicht so wichtig. Wichtig ist nur, dass der Anführer seine Herde zusammenhält und beschützt. Dazu braucht es vor allem Köpfchen – und die Fähigkeit, seinen Kopf durchzusetzen."

„Und wie haben Sie sich durchgesetzt?", fragte ich neugierig.

Anja Norden lachte. „Albatros und ich kennen uns schon lange", verriet sie. „Er kommt aus demselben Stall, in dem mein Sieger steht."

„Dreamcatcher!" Ich hatte eine Menge über das Pferd gelesen, mit dem unsere neue Reitlehrerin zweimal Weltmeisterin geworden war.

Sie nickte. „Als er zu alt für den Turnierstress war, habe ich den Wettkampfsport aufgegeben. Seitdem bin ich Reitlehrerin. Aber ich habe Dreamcatcher bis zu meinem Weggang fast täglich bewegt – genau wie zwei andere Pferde, die ich dort trainierte. Eines davon war Albatros. Als ich die Stelle auf Katzenfels annahm, wollte ich ihn mitnehmen. Der Schulverein hat ihn gekauft, und das war der Anfang unserer kleinen Herde."

„Ach", sagte ich überrascht. „Und woher kommen die beiden anderen?" Komischerweise hatte ich noch nie darüber nachgedacht, dass unsere drei Schulpferde womöglich erst auf Katzenfels zusammengekommen waren.

Anja Norden seufzte. „Wenn ich das wüsste!", sagte sie. „Zora kommt aus einer Zucht, die bekannt ist für kinderliebe Schulpferde, aber über Jerry hat mir Frau Gerwinius noch gar nichts verraten." Nachdenklich fügte sie hinzu: „Ich fürchte, dahinter steckt ein Geheimnis, das ich kennen sollte."

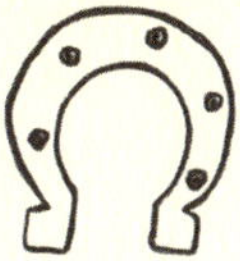

Geheimnisse?!

Nein, danke!!!

„Hilfe“, dachte ich, „nicht schon wieder!“ Von Geheimnissen hatte ich die Nase voll, denn meine heimlichen Stallbesuche waren schuld daran, dass Sophie lügen musste und sich dadurch bei den Mädels verdächtig machte. Außerdem hätte ich wegen der Geheimbesuche fast die Versammlung der *KessCatz* verpasst.

Und dann hatte Sophie mir auch noch dieses Briefchen geschrieben: Die Nachricht war verschlüsselt worden, um das Geheimnis der *KessCatz* zu schützen. Anschließend musste die Geheimbotschaft verschwinden, damit Tabea nicht hinter mein Stallgeheimnis kommt. Ganz schön viel Geheimniskrämerei wegen ein paar Stunden im Stall!

Und jetzt das! „Ein Geheimnis um Jerry? Auch das noch!“, schimpfte ich. „Wenn die D-Rex nichts erzählt, fragen Sie doch einfach nach! Sie wollen doch nur helfen!" Anja Norden runzelte die Stirn. „Tschuldigung", murmelte ich, „war nicht so gemeint."

Auf einmal musste Anja Norden lachen. „Es geht nicht!", gestand sie. „Ich kann dir einfach nicht böse sein! Sich für Tiere in Not einzusetzen, entschuldigt fast alles. Wie heißt du überhaupt?"

„Julia", erwiderte ich verwirrt, „Julia Arnold."

„Julia, du hast recht!", entgegnete Anja Norden. „Ich WERDE Frau Gerwinius fragen, wo sie Jerry gekauft hat. Auf Empfindlichkeiten kann ich dabei keine Rücksicht nehmen."

Während unserer Unterhaltung spazierte sie zum Zaun, öffnete ihn und verließ den Reitplatz. Albatros und ich folgten ihr ohne zu zögern.

„Was ist denn mit Jerry?", hakte ich nach. „Ich dachte, er ist nur stur ..."

„Sturheit ist nicht das Problem", erwiderte Anja Norden. „Solange ein Pferd seinen Platz in der Herde hat, kann es mir gegenüber gerne versuchen, mit dem Kopf durch die Wand zu gehen. Aber wenn es SO dickköpfig ist, dass es auch seine Stallgenossen abblockt, dann hat es wirklich ein Problem. Einsamkeit macht nämlich krank. Jedes Pferd braucht seine Herde – und für Ponys gilt das Gleiche."

Ich dachte scharf nach und fragte dann: „Wer ist denn der Boss der Herde, wenn Sie mal nicht da sind? Albatros - oder Jerry?"

„Schwer zu sagen", antwortete Anja Norden. „Du weißt ja, dass Albatros ein Hengst ist, er spielt sich deshalb gern ein wenig auf. Aber Jerry lässt sich von ihm nichts gefallen. Wenn ich den Kleinen allerdings zu Zora stelle, muss er sich unterordnen. Sie ist dann die Leitstute und darf immer zuerst fressen und sich den besten Platz suchen." Sie kraulte Albatros' Hals. „Schade, dass ich die drei nie zusammen lassen kann. Aber Hengst und Stute, das geht eben nicht."

„Beißen sie sich?", fragte ich neugierig.

Anja Norden lachte. „Im Gegenteil - es gäbe vielmehr bald Nachwuchs." Als sie mein freudiges Lächeln bemerkte, wehrte sie ab. „Schlag dir das aus dem Kopf. Ein Fohlen kommt nicht infrage, Zora hat keine Zuchtpapiere. Ein Fohlen von ihr wäre außerdem später kaum zu verkaufen."

Macht doch nichts, es kann ja hier bleiben, hätte ich am liebsten gesagt. Aber ich erwiderte nichts.

Während wir redeten, wölbte Albatros seinen Hals, schüttelte die Mähne und begann, auf der Stelle zu trippeln. „Hoppla", sagte ich erstaunt. „Kriegen wir eine Zugabe?"

Anja Norden war beeindruckt. „Gut beobachtet, Julia!", lobte sie mich. „Die Dressurübungen bauen tatsächlich auf dem natürlichen Verhalten der Pferde auf. Das, was Albatros hier zeigt, ist zum Beispiel ein typisches Imponiergehabe. Er wittert Zora und möchte vor ihr etwas angeben."

Ich nickte. „Tut mir übrigens leid, dass ich Albatros mit meinem Cowgirl-Auftritt so verrückt gemacht habe ..."

Meine Lehrerin munterte mich auf. „Er ist etwas schreckhaft", erklärte sie. „Deswegen bin ich über die Turnierpläne gar nicht glücklich. Albatros ist das ganze Drumherum nicht gewohnt. Fremde Menschen, Beifall, Lautsprecheransagen ... ich kann nur hoffen, dass er noch ruhiger wird."

Sofort fielen mir Oles Unkenrufe ein: „Nie im Leben wird Albatros ein Champion!" Trotzig sagte ich: „Sie schaffen das! Vorhin ist er doch auch zu Ihnen zurückgekommen, anstatt durchzugehen. Das war fast wie Zauberei!"

Anja Norden seufzte. „Schön wär's!" Dann erklärte sie mir, was wir auf dem Platz gesehen hatten: die Methoden der amerikanischen Pferdeflüsterer. „Du schickst das Pferd fort", sagte sie. „Genau dann, wenn es fliehen will. Du wirfst den Führstrick hin, das bedeutet: *Lauf ruhig weg - aber komm nie wieder zurück!* Wenn du die leere Hand hebst, versteht das Pferd, dass du losgelassen hast. Es gibt nichts mehr, was euch verbindet. Das Pferd steht nun ganz allein da - ohne den Schutz der Herde. Für zahme Pferde ist der Trainer die Herde, und kein Herdentier kann alleine überleben. Deshalb kommen sie zurück. So einfach ist das."

„WOW!" Mehr fiel mir nicht ein. Dann erinnerte ich mich, dass Anja Norden sich weggedreht hatte, als Albatros auf sie zukam. „Warum haben Sie Albatros nicht gelobt, als er zurückkam?" fragte ich. „Er hat sich doch für die Herde entschieden. Gegen das Alleinsein! Aber Sie haben sich einfach weggedreht ..." Verständnislos schaute ich Anja Norden an.

Sie blieb ganz ruhig. „Pferde haben eine Komfortzone von fünf bis sechs Metern", erklärte sie. „Wenn jemand diese unsichtbare Grenze überschreitet - egal ob Pferd oder Mensch, wird es für sie ungemütlich. Sie weichen aus und gehen weg. Im Stall ist das nicht möglich. Dort kriegen manche Pferde ganz schön Stress, wenn man ihnen zu sehr auf die Pelle rückt."

Ich dachte an Jerry, aber Anja Norden sprach jetzt wieder von Albatros. „Wenn ein Pferd den ersten Schritt auf dich zumacht, musst du es belohnen", sagte sie. „Die Frage ist nur: wie? Das Pferd kommt auf dich zu, obwohl ihm zu viel Nähe Stress bereitet. Außerdem bedeutet die Nähe zum Menschen immer Arbeit: Das Pferd muss springen, laufen, eine Kutsche ziehen, egal was. Deshalb drehe ich mich weg und starre auf den Boden. Dann kann das Pferd sich entspannen. Zusätzlich lege ich den rechten Arm an meinen Gürtel. So merkt das Pferd: Es gibt keine Gerte, kein Lasso - nichts, was ich benutzen könnte, um es anzutreiben. Deshalb kommt es freiwillig noch näher. Allerdings muss es hinter meiner Schulter bleiben. So erkennt es meine Führung an - und folgt mir dann überallhin. In Amerika heißt diese Methode Herding - weil man so eine Herde bildet."

Ich war platt. „DAS ist Pferdeflüstern?", fragte ich.

Anja Norden nickte. „Alles keine Zauberei", betonte sie. „Die Sprache der Pferde ist einfach. Am besten lernt man sie von den Pferden selbst. Sieh zu, wie ein Alphatier mit seiner Herde umgeht, und mach es genauso - das ist das ganze Geheimnis!"

„Ich MAG keine Geheimnisse", knurrte ich. „Am besten ist es, wenn jeder alles weiß. Dann gibt es auch keine Missverständnisse."

In diesem Moment schnaubte Albatros laut und vernehmlich. Aus dem Stall antwortete ein helles Wiehern.

„Jerry!", riefen Anja Norden und ich.

„Wir müssen ihn beruhigen", sagte die Pferdeflüsterin. „Er riecht, dass wir mit Albatros hier stehen, und wird nervös. Und Albatros muss jetzt beweisen, dass er der Größte ist."

Wie zur Bestätigung wölbte Albatros wieder den Hals - nicht ganz so hoch wie bei der Dressurshow, aber es genügte, um mir Angst zu machen.

Anja Norden streifte ihm ein Halfter über, band ihn an einem Haken in der Stallwand fest und schob das Holztor zur Seite. Wieder hörten wir Jerry wiehern. Diesmal klang es wie ein freundlicher Gruß. Jerry reckte den Hals über die Boxentür und sah uns entgegen. Albatros wieherte zurück, Jerry schnaubte. Doch als Anja Norden den ersten Schritt in die Boxengasse machte, wich er sofort zurück. Die Pferdetrainerin griff nach einer Holzstange, die an der Stallwand hing. Mit dem Haken an ihrem Ende angelte sie nach dem Riegel an Jerrys Boxentür. Ein kleiner Stoß - und der Riegel sprang zurück. Die Boxentür schwang auf, Jerrys Stallabteil war offen.

Vorsichtig befestigte Anja Norden ihr Werkzeug wieder an der Wand. Dann richtete sie all ihre Aufmerksamkeit auf Jerry. „Komm schon, alter Junge", lockte sie. „Du weißt, was ich will ..."

Es dauerte eine Weile, aber dann hob Jerry den

rechten Vorderhuf und setzte ihn fünf Zentimeter weiter vorne ab.

„Das lasse ich gelten", sagte die Pferdeflüsterin und drehte Jerry ihre Schulter zu. Auch ich drehte mich um und ging langsam weg.

Hinter einem Busch konnte ich mich verstecken und hatte trotzdem freie Sicht in den Stall. Jerry lief auf die einzig wahre Ponyflüsterin zu, die ihm ruhig ein Halfter überstreifte. Dann kam sie mit ihm nach draußen bis zu meinem Versteck. Anja Norden übergab mir den Führstrick, den sie Jerry Sekunden zuvor übergestreift hatte.

„Komm, wir gehen spazieren", sagte sie und holte Albatros hinzu.

Zu viert wanderten wir die Parkwege entlang. Anja Norden ging voraus, Albatros folgte ihr mit einer Schrittlänge Abstand. Dann kam ich, und hinter mir trottete Jerry. Vom Reitstall ging es zum Pavillon und über den Hauptweg zur Orangerie. Wir umrundeten sie, kehrten auf den Hauptweg zurück und spazierten auf das Schloss zu. Vor dem Springbrunnen drehten wir ab und folgten dem Rand der Vogelwiese. Sie heißt so, weil einige Büsche in die Form von Vögeln geschnitten sind: Pfaue und Schwäne. Gedankenverloren starrte ich ins Gras, als wir an den Schwänen vorbeigingen.

Himmelblaue Miniblümchen sprenkelten das Gras. Es sah wunderschön aus, doch Anja Norden warnte: „Hüte dich vor den wilden Vergissmeinnicht! Und lass nie ein Pferd davon kosten! Ich weiß nicht, was sie enthalten, aber es sind schon Kühe gaga geworden, weil sie zu viel davon erwischt haben."

Kurz danach blieb sie am Wäldchen neben dem Seitenflügel von Schloss Katzenfels stehen. Diesen Teil des Gartens konnte ich noch nie leiden - wahrscheinlich, weil das undurchdringliche Stachelwäldchen so wenig zum Rest der Anlage passte. Jetzt nahm die Pferdeflüsterin einen der platten, an allen Verästelungen mit stumpfen Nadeln bewachsenen Äste zwischen ihre Finger und zerrieb ihn. Dann hielt sie mir ihre Finger unter die Nase und sah mich auffordernd an.

„Badesalz?", fragte ich. „Oder Massageöl?"

„Es hat was von beidem", nickte Anja Norden. „So viel ich weiß, wird es auch für beides verwendet. Das Duftöl der Thuja kommt sogar in Rheumasalben zur Anwendung. Nur im Magen macht es sich nicht gut. Denk dran, wenn du hier entlangreitest und dein Pferd an einer Thuja zupfen will!"

„THUJA!", rief ich. „Jetzt fällt's mir wieder ein: Die werden doch auch in Baumschulen gezüchtet und von Gärtnereien verkauft! Man nennt sie auch Lebensbaum, obwohl sie oft auf Friedhöfen wachsen. Oder man pflanzt sie genau aus diesem Grund dort an. Jedenfalls ergeben sie schöne, dichte Hecken." Nachdenklich sah ich das Wäldchen an. Dabei murrte ich: „Vergissmeinnicht, die man ganz schnell vergessen sollte, Lebensbäume, von denen man todsicher NICHT naschen darf – der Park ist für Pferde ganz schön gefährlich!"

Anja Norden lachte. „Aber auch ganz schön!", betonte sie. „Gefährlich schön! Hauptsache, du weißt Bescheid! Und wenn du deinen Freundinnen davon erzählst, ist es bald kein Geheimnis mehr und du musst dich nicht weiter darüber ärgern."

Mit einem frechen Grinsen zwinkerte sie mir zu, doch der Witz kam bei mir nicht an. Irgendetwas geisterte mir im Kopf herum. Ich wusste nur noch nicht genau, was.

Schweigend gingen wir weiter. Nur der Kies knirschte unter den Pferdehufen – und in meinem Kopf knirschten die Gedanken. Hinter dem Schloss fiel mir der Lageplan ein, den Anna beim Probewohnen gezeichnet hatte. Darauf waren alle Teile des Parks abgebildet, auch der Obstgarten, der links vor uns lag. Doch wir bogen rechts ab und folgten dem anderen Schlossflügel. Die gefährlichen Lebensbäume lagen nun genau gegenüber. Auf unserer Seite befand sich der Sportplatz. Er war genauso funkelnagelneu, wie er aussah.

Hannah, der olle Bücherwurm, hatte irgendwo gelesen, dass vor vierhundert Jahren Gartenplaner dafür zuständig gewesen waren, den Park bis in den letzten Winkel zu gestalten. Wo heute der Sportplatz war, legten sie einen Garten an, in dem man Hunderte verschiedener Rosen bewundern konnte. Viele Wege kreuzten sich zwischen den Beeten. Das bedeutete: Auch Umwege führen zum Ziel, in diesem Fall zur allerschönsten Rose. Sie wuchs genau in der Mitte des Rosengartens. Egal, woher man kam - irgendwann landete man immer bei der Königin der Blumen. In diesem Garten war kein Irrtum möglich.

„Der Sportplatz ist wirklich toll!", rief Anja Norden mir zu. „Wer weiß, was sie dafür platt gemacht haben!"

Ich zuckte zusammen. Wie ein aufgescheuchter Vogel flog ein Gedanke davon, den ich gerade eben beinahe gehabt hätte. Aber eben nur beinahe ... Ich schluckte meine Enttäuschung hinunter.

„Dornen haben sie platt gemacht", erwiderte ich. „Die Rosenstöcke, die früher hier wuchsen, waren total verwildert. In dem Gestrüpp konnte man alte Rosenstöcke kaum noch von wilden Brombeeren unterscheiden. Und weil niemand da war, der sich auf uralte Rosensträucher versteht, haben sie alles zusammen rausgerissen. Mein Vater sagt, es sei ein Jammer, aber ihn hat leider niemand gefragt. Obwohl er Gärtner ist ..."

Mittlerweile waren wir wieder beim Reitplatz angelangt. Anja Norden öffnete den Zaun, und wir betraten den Platz.

„Ich glaube, Albatros freut sich über seinen Erfolg", sagte ich, und Anja Norden stellte fest: „Jerry ist jetzt auch ganz vergnügt." Behutsam streifte sie beiden das Halfter ab und ließ sie auf dem Platz zurück.

Am liebsten wäre ich dageblieben, aber ein Blick auf meine Hufeisenuhr zeigte etwas anderes. „Au weia!", entfuhr es mir, „Pferdezeit ist vorbei! Gleich gibt's was zu futtern!" Ich bedankte mich und stürmte davon.

Ein Pony miaut

Nach dem Essen trafen wir uns wieder bei Lara. Als Lea ihr türkisgrünes Notizbuch herauszog, musste ich schmunzeln. Als sie mich aufrief, erst recht.

„Hier zur Stelle!", meldete ich unserem Boss im Schloss. Lisa kicherte. Bestimmt dachte sie dasselbe wie ich: Lea wollte sicherstellen, dass ich da war. Doch dann rief sie Marie auf. Hannah. Lara. Und so weiter. Von A wie Arnold (Julia) bis Z wie Zawatzky (Tabea) traf ihr Kontrollwahn jede Einzelne von uns. Sie rief sich sogar selber auf und machte dann einen Haken in ihr Büchlein.

„Montag, 19.30 Uhr: Elf *KessCatz* sind anwesend", verkündete sie. „Damit sind wir beschlussfähig. Bei Abstimmungen genügt die einfache Mehrheit, also sechs Stimmen. Stimmen sechs von elf *KessCatz* mit Ja und fünf mit Nein, ist die Sache beschlossen – und umgekehrt. Was durch Abstimmung beschlossen wurde, gilt für ALLE. Die überstimmte Minderheit muss sich dem Willen der Mehrheit beugen."

„Was ist denn DAS für ein Blödsinn?!", rief Kati. „Wenn ich dagegen bin, bin ich dagegen! Ist das klar?"

„*Sí, claro*!", unterstützte Sara ihre Freundin. „*Está clarísimo!*"

Jetzt mischte sich Lara ein. „*Clear* ist nur eines", betonte sie, „auch in einem *old fashioned European* Geisterschloss muss es ein paar Regeln geben. *First of all: there is* NO Gruselboss. *And that means:* gleiches Recht für alle!"

„Eben!", ereiferte sich Kati. „Auch wenn alle anderen FÜR etwas sind, habe ich immer noch das Recht, dagegen zu sein. Gleiches Recht für alle!!"

Lara widersprach: „NO! Das habe ich nicht gemeint! Wenn jeder macht, was er will, werden wir nie eine Gruppe! *But we need some rules!*"

„Genau!", rief Kati. „Regeln! Darüber wollte ich schon gestern mit euch reden. Immerhin war ich es, die eine Sitzung vorgeschlagen hat! Deswegen bestimme ICH, was hier diskutiert wird, und IHR dürft darüber abstimmen."

„Du hast sie wohl nicht mehr alle?!", empörte sich

Lea. „Hast du irgendein Thema angemeldet und auf die Tagesordnung setzen lassen?"

„DU bestimmst hier gar nix", giftete Kati zurück. „Wir sind doch kein Bravo-Lea-Jasager-Verein! Was soll der Unsinn mit der Tagesordnung?"

Jetzt wurde es Lara zu bunt: „Übrigens gilt hier mein Hausrecht: Wer gemein wird, fliegt. Und wer Streit sucht, kann gerne draußen weitersuchen - bei MIR nicht!"

Das saß. Erstaunt sahen Lea und Kati ihre Gastgeberin an, und auch wir anderen waren beeindruckt. Mit so einem Machtwort hatte keine gerechnet. Sollte Lara womöglich die einzig wahre ... Diskussionsleiterin sein??

Jedenfalls gaben sich plötzlich alle zahm. Sogar Kati meldete sich durch Handzeichen und fragte artig: „Darf ich?"

Lara grinste sie an und enthüllte dabei ihr Pippi-Langstrumpf-Gebiss mit der vorwitzigen Lücke zwischen den oberen Schneidezähnen. „*Sure*", sagte sie lässig, „*go ahead, Caty!* Aber denk dran: alles nur zur Sache, Kätzchen!"

Kati stutzte kurz, antwortete aber brav. „Ich finde, wir müssen erstens darüber reden, wen wir aufnehmen und warum. Zweitens darüber, was wir vorhaben, und drittens, wozu es die *KessCatz* überhaupt gibt!"

Gleich tönte Lea: „Eins, zwei drei: alles notiert!"

Ich hob die Hand: „Vielleicht können wir bei Punkt drei auch erklären, was das Besondere an den *KessCatz* ist. Mal ehrlich, was ist so toll an den *KessCatz*?"

Es war totenstill im Raum. Die allgemeine Schrecksekunde dehnte sich zur Ewigkeit. Ich schluckte und spürte genau: Jetzt hatte ich mich endgültig unmöglich gemacht. Ich war draußen – und ich hatte mich selbst hinausgekickt. Auf meine freche Frage würde ich bestimmt keine Antwort bekommen ...

Plötzlich meldeten sich alle gleichzeitig, doch Lara winkte ab. *„Forget it!"*, sagte sie. *„First of all* die Fragen. Eine nach der andern! Dann die Antworten. Eine nach der andern!"

Trotzdem schwatzten schon bald alle durcheinander. Allerdings bekam ich davon nicht allzu viel mit, denn ich malte mir aus, was passieren würde, wenn MEINE Frage an die Reihe käme!

Als Lea mit ihrem Notizbuch winkte, schrak ich zusammen. Doch dann fragte sie: „Wollt ihr die Zusammenfassung hören?", und wartete tatsächlich, bis alle nickten. Eifrig las sie vor: „Die *KessCatz* sind eine Mädchenclique am Internat Schloss Katzenfels. Bisherige Mitglieder sind Anna Talheim, Hannah Berg, Julia Arnold, Katharina Metz, Larissa von Katzberg, Lea Teichmann, Lisa Talheim, Marie Bauer, Sara Romero, Sophie Lachmann und Tabea Zawatzky - alphabetisch nach Vornamen geordnet. Nicolas Beck ist Ehrenmitglied, andere Jungs sind Freunde, Feinde oder egal."

Beifälliges Kichern. Mit einem Blick auf Lara und Tabea las Lea weiter: „Wenn neue Mädchen in die Klasse kommen, müssen sie beweisen, dass sie würdig sind, aufgenommen zu werden. Das geht nur, wenn alle *KessCatz* es wollen. In diesem Fall schlägt Marie die Neue zur Ritterin vom Katzenfels. Bei Mädchen, die nicht in unsere Klasse gehen, läuft es genauso - vorausgesetzt, sie besuchen das Internat Schloss Katzenfels und sind würdig, *KessCatz* zu werden. *KessCatz* sind mutig, offen, ehrlich und fair - untereinander und mit anderen. Es gibt keine Anführerin ..."

Hier machte Lea eine kleine Pause, als müsste sie Kraft sammeln für den nächsten Satz: „Jede *KessCat* kann diese Aufgabe übernehmen, wenn die andern das wollen. Wer die andern anführt, wenn es einmal nötig ist, bestimmen alle gemeinsam. PS: Konferenzergebnisse werden aufgeschrieben. Abstimmungen müssen eindeutig sein. Ziele oder Projekte: keine."

Mit hörbarem *Klapp* schlug Lea ihr Büchlein zu. Das erinnerte mich an mein eigenes Buchprojekt. Rasch fragte ich: „Darf eine *KessCat* Geheimnisse haben?"

Alle starrten mich an. Einige neugierig, andere erstaunt. Wieder andere fühlten sich bei meiner Frage sichtlich unwohl. Ich beantwortete meine Frage gleich selbst: „Meiner Meinung nach sind die meisten Geheimnisse Privatsache und sollten es auch bleiben."

Lea staunte mich an, als hätte Miss Piggy gequakt. Oder ein Pony miaut. Auch andere machten große Augen. Hannah atmete hörbar auf. Sophie zwinkerte mir zu, Lara hielt den Daumen hoch. Trotzdem stimmten wir rasch ab. Das Ergebnis war eindeutig: Alle waren meiner Meinung.

Da fiel mir noch etwas ein. „Was sind wir denn eigentlich?", fragte ich. „Freundinnen? Clubmitglieder? Oder was?"

„Freundinnen!", rief Tabea, und die meisten nickten. „Ja! Genau! Logisch" – es hagelte Zustimmung von allen Seiten.

Nur Lea sagte gedankenverloren: „Oder Kolleginnen ... wenn die *KessCatz* mal einen Fall zu lösen haben. So wie das *Rätsel des verschwundenen Kofferanhängers*. In DEM Fall waren wir sogar Detektivkolleginnen."

Jetzt meldete sich Hannah zu Wort. Eifrig sagte sie: „Ich glaube, ich weiß, warum es besser ist, *KessCat* zu sein als irgendetwas anderes: weil man als *KessCat* nie allein ist. Oder weil alle anderen Hobbys noch viel schöner werden, wenn man sie mit seinen Mitkatzen teilt. Was meint ihr?"

Kati verzog das Gesicht. Solche Überlegungen waren ihr zu kompliziert. „Blödsinn", raunzte sie. „Der erste Grund ist okay: als *KessCat* ist man nie allein. Das gefällt mir." Sie wandte sich an mich und grinste: „Hey, Julimaus! Hast du das gehört? Kein Problem, wenn du ein Pony bist – solange du miaust!"

Alle lachten, und ich lachte mit. Ich brauchte Katis Kommentar nicht, denn im Gegensatz zu ihr hatte ich sofort begriffen, worauf Hannah hinauswollte: Das geheime Stallbuch war kein Grund für ein schlechtes Gewissen. Irgendwann würde ich es den anderen *KessCatz* zeigen. Ein paar ließen sich bestimmt begeistern, und dann konnten wir gemeinsam schwärmen. Hannah hatte recht: Wenn ich mein Hobby mit ein paar Freundinnen teilen könnte, wäre es direkt doppelt so schön.

In diesem Moment schwor ich mir: ICH WERDE MEIN GEHEIMBUCH DEN ANDEREN KESSCATZ ZEIGEN (... aber erst, wenn es voll ist!) ☺

Die Weiße Frau, gelbe Augen – und ein schwarzer Blitz

Da hob Lara ihre Hand und sagte: „*New idea*: unser Projekt (sie sagte „proudschäckt“) ist ‚*Looking for a club house*‘ – wir suchen ein Clubhaus.“

Verständnislos sahen wir sie an. Statt zu erklären, was sie meinte, kramte Lara in ihrem Bett herum. Zehn Sekunden danach streckte sie ihre flache Hand aus. Jeder konnte sehen, was darauf lag: jede Menge Krümel und bröselige Kartoffelchips.

„Äh“, machte Lisa, die sich auf Laras Bett fläzte, „die Chips sind von mir.“

„Und die Keksreste von mir“, gestand Lea.

Sofort begann auch auf „unserem“ Bett hektisches Buddeln und Suchen. Innerhalb von zwei Sekunden fanden wir auch hier jede Menge Essensreste. Kein Wunder, dass Lara wenig Lust darauf hatte, inmitten von

Krümeln zu schlafen! Und ohne Knabberzeug machte das ganze Treffen nur noch halb so viel Spaß. Also schwärmten wir am nächsten Tag nach dem Mittagessen aus und suchten nach einem neuen Geheimtreff.

Fünf bis fünfeinhalb Ausweichplätze blieben schließlich übrig, wenn wir ein Dach über dem Kopf haben wollten:

- Die Sporthalle: zu groß, zu kalt, zu ungemütlich (und keine von uns hat den Schlüssel)
- Das Brunnenhaus: zu klein, zu nass, zu gruselig (dort spukt angeblich Burggräfin Karoline ... und keine von uns hat den Schlüssel)
- Der Pavillon: zu ungemütlich (und rundherum offen. Das wollte natürlich keine von uns – auch wenn man dafür keinen Schlüssel braucht)
- Die Orangerie: zu. Einfach nur zu. Keine Ahnung, wie es in dem heruntergekommen ovalen Gebäude aussieht. Keine Ahnung, ob wir das je erfahren werden. Keine Ahnung, ob irgendein Mensch auf der Welt den Schlüssel dazu hat.
- Die Burgruine Katzenberg: zu ruiniert, zu oll und zu weit weg (zählt deshalb nur als halbe Möglichkeit) ... UUUUUUUUUUND ...
- Das Gartenhaus zwischen Orangerie und Kräutergarten, gleich hinter der Einfahrt zum

Schlosspark: klein, kuschelig, schön abgelegen – und wir haben einen Schlüssel! Vielmehr: Marie hat einen. Sie und noch ein paar andere sind nämlich zweimal in der Woche in der Gärtnergruppe. Für Sophie und mich ist das nichts. Vom Pflanzen, Gießen und Düngen hatten wir auch ohne diese „Neigungsgruppe" genug – Sophie auf dem Bauernhof ihrer Oma und ich in der Gärtnerei meiner Eltern. Trotzdem finde ich die Gärtnerinnengruppe toll – vor allem wegen des Schlüssels.

Das Gartenhaus am Parkeingang wurde also unser neues *KessCatz*-Haus. Aus Begeisterung über den neuen Treffpunkt weihten wir das KCH (**K**atzen-**C**lub**h**aus oder „***K****ess****C****atz'* ***H****ome*", wie Lära Kätzbörg sagt) noch am selben Abend ein. Mit Chips, aber ohne Krümel. Schließlich sollte die Gartenkursleiterin, Frau Robben (die auch unsere Deutschlehrerin ist), am nächsten Tag nichts Verdächtiges bemerken.

Auch am Donnerstag hockten wir vor dem Abendessen noch im KCH und lästerten über die Schule. Kati sprach aus, was alle dachten. „Männo, Mädels!!!", maulte sie. „Hier muss mal was passieren! Können wir nicht mal was richtig Tolles machen?"

„GENAU!", krähte Lea. „Endlich mal ein echtes Abenteuer! Ein Treffen mit der Weißen Frau ... DAS wär was!"

In diesem Moment fiel die Tür ins Schloss. Wir hatten sie nur angelehnt, um mitzukriegen, wenn eine Lehrerin sich anschlich, aber das war bei so viel Geschnatter und Gegacker (sorry: bei so viel Gemaunze) völlig unmöglich. Das Merken, meine ich. Nicht das Anschleichen. DAS war sogar sehr gut möglich, nur merkten wir es eben nicht.

„Was guckt ihr denn so?", rief Lea und wollte sich ausschütten vor Vergnügen, weil einige bei dem Knall ganz schön zusammengezuckt waren. „Noch nie was von Windstößen gehört?!" Mit wenigen Schritten war sie bei der Tür und wollte sie wieder öffnen, doch es ging nicht. Die schwere Holztür bewegte sich keinen Millimeter. Lea rüttelte und schüttelte, sie trat gegen das Holz, dass es nur so krachte, doch die Tür ging nicht auf.

Wir hielten den Atem an. Nur Lara sagte *cool as ice*: „Noch nie was von Windstößen gehört, die den Riegel vorschieben, *baby*?"

Nun wurde Lea pampig – obwohl sie allmählich Angst bekam. Das konnte ich in ihren Augen sehen. „Was soll das?!", fauchte sie Lara an. „Hast du jemanden bestellt, der uns hier einsperrt?"

Lara schüttelte nur den Kopf über so viel Unsinn. „*I don't know anybody here, baby*", betonte sie. „*What about you?*"

Leas Augen funkelten, doch Marie legte den Finger an ihre Lippen. „Lara hat recht", flüsterte sie. „Jede Einzelne von uns kennt hier mehr Leute als sie. Also: Wer von euch hat diesen Jux organisiert?"

Im nächsten Moment kam die Antwort von draußen: RUMMS! krachte der erste Fensterladen zu. RUMMS! der zweite – und so ging es reihum, bis alle vier Fensteröffnungen des Gartenhäuschens verschlossen waren. Nun war es zippezappenduster.

Alle hatten Angst – auch Lara und Marie. Sogar Lea schlotterten die Knie. Trotzdem traute sie sich an eines der Fenster heran und versuchte, den Fensterladen aufzudrücken – ohne Erfolg. Enttäuscht ließ sie die Arme sinken. „Wir sind gefangen!", sagte sie düster. Dann herrschte Schweigen.

„Glaubt ihr, hier schleicht ein Irrer rum?", flüsterte Kati mit rauer Stimme. Ohne ein Wort zu sagen, rückten wir näher zusammen. Schon als die Tür ins Schloss gekracht war, waren wir aufgesprungen. Jetzt drängten wir uns in der Mitte des dunklen Raumes zusammen wie eine Herde Schafe, die der böse Wolf umkreist. Es war zwar nichts zu hören, aber wir wussten: Es war jemand da. Irgendjemand, der rund ums Gartenhaus lief und ein Loch nach dem andern dicht machte. Wir saßen in der Falle.

„Hoffentlich fackelt der nicht die ganze Bude ab!", wisperte Lisa.

Mir wurde schlecht vor Angst.

Keine von uns sagte ein Wort. Erst nach einer Ewigkeit flüsterte Marie: „Wir müssen um Hilfe rufen!"

„*No tenéis móvil*?", fragte Sara. „Chat niemand ein Chandy?"

Im Dunkeln schüttelte ich den Kopf. Sprechen konnte ich nicht mehr. Was für eine Schnapsidee unserer D-Rex, dass wir auf dem Schulgelände kein Handy benutzen durften! Erst am Freitagnachmittag rückte die Sekretärin unsere Handys wieder heraus, die sie in Umschlägen mit unseren Namen aufbewahrte. Während der Woche mussten wir das Münztelefon in der Eingangshalle nehmen - wie in der Steinzeit! Aber dass es ohne Handy SO brenzlig werden könnte, wäre mir in meinen schlimmsten Albträumen nicht eingefallen.

Plötzlich bemerkte ich ein schwaches Geräusch, das von draußen hereindrang. Es klang wie ein Gespensterlachen: „*Wuuuuhohohooo!*"

„La Señora Blanca! Die Weiße Frau!", stöhnte Sara und krallte sich an meinem Arm fest.

„Au!", das tat weh. Ich stieß sie zurück. Sie verlor das Gleichgewicht, stolperte und trat auf eine Harke. Knallend traf der Holzstiel sie mitten auf die Stirn.

„Ayayayayyyyy!", jaulte Sara. Ruckartig drehte sie sich weg, doch in einer Kettenreaktion polterte ein Gartengerät nach dem anderen zu Boden. Als der letzte Rechen auf den letzten Spaten gekippt war, schoss etwas Schwarzes aus der Ecke hervor. Wie ein dunkler Blitz raste es zwischen unseren Beinen hindurch zur Tür. Dort lauerte es uns auf - mit gruselgelben Augen.

„Aaaaaaaahhhhhh ..." - ein zittriges Stöhnen hallte durch die Dunkelheit. Keine Ahnung, wer da alles stöhnte. Wahrscheinlich war ich selbst dabei. Jedenfalls standen wir nun noch enger zusammen als zuvor. Zentimeterweise wichen wir vor dem Monster zurück, das noch immer vor der Tür kauerte und uns mit gelben Katzenaugen anblitzte.

„Katzenaugen?!", rief auf einmal Anna halblaut. „Das sind doch Katzenaugen! Kinder, das ist eine kleine Katze!"

Sofort fiel ein Teil meiner Angst von mir ab. Auch die anderen entspannten sich etwas. „Chab ich doch gesagt!", behauptete Sara, und ich dachte: „Komische Sprache, wenn Ayayayayyyyy ‚Katze' heißt!"

„Pssst", zischte Sophie, „hört ihr was?"

Wir lauschten angestrengt nach draußen, aber dort blieb es still. Das unheimliche Heulen hatte genau in dem Moment aufgehört, als Sara und die Gartengeräte anfingen, Krach zu schlagen.

Lea schob uns durch die Finsternis und verteilte uns auf sämtliche verrammelten Öffnungen. Dabei deutete sie immer wieder auf ihr Ohr. Wir alle sollten lauschen, ob noch etwas zu hören sei. War aber nicht. Deshalb sagte Lea plötzlich laut: „Wir müssen uns befreien, ehe es zu spät ist."

Ich zuckte zusammen. Vielleicht mussten wir hier sterben!

Sophie antwortete, als könnte sie Gedanken lesen: „Wir werden schon nicht verhungern!"

„Denkst DU!", erwiderte Lisa. „Bei MIR ist wirklich bald alles zu spät. Ich hab nämlich Hunger!" Irgendwer kicherte.

Dann ertönte die ruhige Stimme von Marie: „Verhungern ist schlecht. Befreien ist besser. Ich weiß auch schon, wie ..."

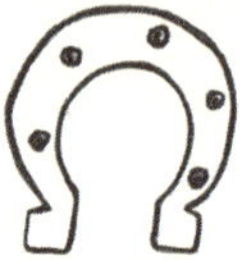

Ein Schock kommt selten allein

Schnell erklärte Marie ihren Plan: Oberhalb der Tür war ein kleines rundes Fenster. Anders als die vier anderen Fenster des Gartenhauses war es nicht verglast. Zwei gekreuzte Eisenstangen teilten die Öffnung, das war alles.

„Wir haben die Fensteröffnung von innen mit Pappe überklebt", berichtete Marie, „damit die Tauben, die dort immer sitzen, nicht ins Gartenhaus schlüpfen und dort ihren Dreck fallen lassen."

Lisa kicherte. „Na, das wäre mal ein großes Vogelhäuschen!", prustete sie. Doch dann hielt sie ihren Mund, denn Marie sprach einfach weiter.

„Leider hat der Hausmeister die Leiter, die wir beim Zukleben benutzt hatten, wieder mitgenommen. Wir müssen also anders an das Fensterchen kommen. Dann reißen wir den Karton ab und stecken die Harke durch das Fensterkreuz - mit den Zinken voraus. Die haken wir draußen im Türriegel ein, und schon können wir den Riegel zurückschieben!"

„Marie Genie!", sagte Lea bewundernd. „MEINE Freundin! Tolle Idee!"

Doch Anna meinte zweifelnd: „Klingt clever, aber nicht gerade einfach."

Das fand ich auch, doch Sara rief: „Caterina, *atención! Un, dos, tres!*" Anscheinend hatten sie das Kommando geübt, denn ihr Zusammenspiel fluppte nur so: Kati drehte sich zur Tür, grätschte die Beine und stützte die Hände in die Hüfte, Sara wetzte von hinten auf sie zu, stürzte sich in einen Handstand mit Überschlag und nutzte den Schwung für einen hohen Satz. Auf einmal stand sie auf Katis Schultern. Kati griff nach Saras Knöcheln und hielt sie fest. Sofort riss Sara den Pappkarton ab und ließ ihn zu Boden gleiten. Endlich kam Licht in unser Gefängnis!

„Keiner da!", meldete Sara, während sie durch das Fenster lugte. Das klang gut - auch wenn Sara nur einen winzigen Teil an der Vorderseite des Gartenhäuschens im Blick hatte. Trotzdem behauptete sie felsenfest: „Alles in Ord-enung! Cher mit die Charka!"

Zum Glück wusste Marie, was gemeint war, und

reichte Sara die Harke. Jetzt wurde es knifflig. Erst war es gar nicht so einfach, das Gartengerät durch die Fensteröffnung zu schieben. Am Schluss steckte Saras Arm bis zur Schulter zwischen den Eisenstäben im Fensterkreuz.

„Ein Glück, dass sie so dürr ist!", freute sich Lea.

Normalerweise hätte Sara ihr ganz sicher eine freche Antwort verpasst, aber jetzt konzentrierte sie sich nur auf ihre Aufgabe. Am ausgestreckten Arm ließ sie den Stiel der Harke vorsichtig durch ihre Hand gleiten, bis die Zinken an den Riegel stießen. *Klack!* Ein metallisches Geräusch verriet uns, dass Sara auf dem richtigen Weg war.

Doch sie war blind unterwegs: Ohne den geringsten Ausblick auf das Türschloss angelte sie weiter, während Kati versuchte, mit Ausweichschritten das Gleichgewicht zu halten. Die Zwillinge wollten sie stützen, aber Kati verjagte sie mit wildem Augenrollen. So konnten wir nur zusehen, wie die ungleichen Freundinnen sich abmühten. Die Große trug die Kleine, und die Kleine fuhrwerkte mit ihrem Riesenwerkzeug herum, bis die Harke endlich hängen blieb.

„Ichchabihn!", presste Sara hervor und schob ihren Arm tatsächlich noch zwei Zentimeter weiter durch die Fensteröffnung.

„Hoffentlich bleibt Kati stehen!", dachte ich. „Sonst kugelt sich Sara den Arm aus!"

Doch Katharina die Große stand da wie eine Eins, während die kleine Sara ihre Kräfte sammelte und dann zustieß. Wieder klackte es metallisch. Dann quietschte es, und die Tür schwang auf.

Ich sprang in die Höhe, wollte aber nicht jubeln, ehe Sara sicher auf dem Boden gelandet war. Kati reagierte fantastisch. Sofort blockierte sie den Türspalt mit ihrem Fuß. Erst als Lisa sie dabei ablöste, wankte sie rückwärts.

„Lass loss!", befahl ihr Sara. Dann rief sie: „Platz-e da!", und sprang mit einem Rückwärtssalto zu Boden.

Endlich konnte ich klatschen. „Wow!", staunte auch Lea. „Das war allererste Sahne!" Kati fiel Sara um den Hals. Inzwischen hatte Lisa die Tür geöffnet und winkte uns aufgeregt aus dem Häuschen heraus.

„Schaut euch das an!", rief sie und deutete auf das Kräuterbeet. Alle drängten hinzu, nur Marie lief erst einmal rund ums Gartenhäuschen.

„Keiner da!", sagte sie, als sie wieder bei uns ankam. Dann erstarrte auch sie. Das Kräuterbeet, an dem die Gärtnergruppe so lange gearbeitet hatte, bot ein Bild der Verwüstung. Einige Pflänzchen waren niedergetrampelt, andere herausgerissen und weggeworfen. Sogar die Schildchen mit Erklärungen lagen wild durcheinander auf dem Boden. Maries Augen füllten sich mit Tränen. „Alles kaputt!", schluchzte sie. „So ein Schwein!"

Doch Kati widersprach. „Von wegen!", rief sie grimmig und zeigte auf die Erde. „Das Schwein hat den Tiger im Tank! Seht euch das an!"

Tatsache: Im klebrigen Erdreich prangte ein Schuhabdruck mit unverwechselbarem Muster. Es war ein Tigerkopf.

„O nein!", sagte ich, während Marie jammerte: „Die ganze Arbeit - alles umsonst! Jede Pflanze war beschriftet. Auf dem Schild stand, wie sie heißt, wie sie wirkt und wie man sie zubereitet. Das war wie ein Medizinschrank, aber jetzt? Mir wird schlecht, wenn ich das Durcheinander sehe!"

„Knobi!", sagte ich, denn ich wusste genau, wo ich den Schuhabdruck schon einmal gesehen hatte.

„Genau!", seufzte Marie und putzte sich die Nase. „Knobi, Thymian, Salbei, Baldrian - lauter Heilpflanzen. Hier war die reinste Kräuterapotheke. Und jetzt?"

„KNOBI!", wiederholte ich. Alle starrten mich an. „Knooobi!!!", sagte ich nun zum dritten Mal. „Tobi zum Knobi! Als ich ihn letzten Samstag am Fluss getroffen habe, war da auch so ein Tigerabdruck im Uferschlamm.

Knobis Gummistiefel hatten zwar ein anderes Profil, aber irgendwer war dort auf Tigersohlen unterwegs."

„Tobias Zumtobel?!", rief Lea und ließ ihre Faust in die andere Hand krachen. „Na warte, du Stinkstiefel! Wenn ich dich erwische, vergeht dir das Lachen!"

Kati unterstützte Lea. Begeistert rief sie: „Jawoll! Wir machen Knoblauchmus aus diesem Stinker!"

Im selben Augenblick ertönte ein schrilles Wiehern. „Die Pferde!", keuchte ich. „Er ist im Stall!" Dann rannte ich los. Alle zehn *KessCatz* rannten hinterher. Doch als wir beim Kutscherhäuschen ankamen, verschwand gerade Anja Norden im Stall. Sonst war niemand zu sehen.

„Los, in die Büsche! Durchsucht die Umgebung!", befahl Lea, und alle gehorchten – nur ich nicht. Statt nach Spuren zu suchen, folgte ich unserer Pferdeflüsterin in den Stall. Dort blieb mir fast das Herz stehen: Jerry drehte sich wie ein Kreisel in seiner Box, schlug mit dem Schweif und schwitzte.

Anja Norden war blass um die Nase, als sie zurückwich. „Keine Chance!", raunte sie mir zu. „Er muss sich erst einmal beruhigen."

Jerrys Nüstern flatterten. Er atmete laut und keuchend. Seine Augen riss er so weit auf, dass man das Weiße sah. Immer schneller drehte er seine Runden in der Box. Dann schlug er mit den Hinterhufen gegen die Boxentür. Sie ächzte, hielt dem Trommelfeuer seiner Hufe jedoch stand. Um Jerry machte ich mir mehr Sorgen. „Er tut sich doch weh!", rief ich und merkte, wie mir Tränen in die Augen schossen.

Anja Norden zerrte mich zum Ausgang. „Vorsicht!", rief sie den Mädels zu, die in den Büschen nach Tobias Zumtobel suchten. „Ich muss ihn laufen lassen, sonst bringt er sich noch um!" Dann eilte sie zurück in den Stall, wo Jerry noch immer tobte. Geschickt nahm sie die Stange mit dem langen Haken von der Wand und stieß Jerrys Boxentür auf, wie sie es schon einmal getan hatte.

„Warum bin ich im Gartenhaus nicht selbst auf diesen Trick gekommen?", dachte ich noch, doch im nächsten Moment riss Anja Norden mich zur Seite. Wie ein D-Zug schoss Jerry aus seiner Box heraus und auf die geöffnete Stalltür zu. Wir drückten uns platt an die Wand, als das sonst so scheue Pony vorübertobte wie ein Gewittersturm. Dann rannten wir hinaus.

An der Stallwand pressten sich die Mädels zusammen und starrten Jerry hinterher. Er verschwand gerade wie eine Rakete hinter dem Pavillon.

Wie im Urwald!

Die Stimmung im Speisesaal war immer noch kribbelig, als Frau Gerwinius den Raum betrat. Kurz vor ihr war Anja Norden hereingekommen. Als sie an uns vorbeilief, hielt sie den Daumen hoch und zwinkerte uns zu. Das hieß: Alles klar, habe Jerry eingefangen. Und: gute Neuigkeiten von Frau Gerwinius. Mit ihr wollte die Pferdetrainerin noch sprechen, sobald sie die Situation unter Kontrolle hatte. Leider (!) hatte sie uns weggeschickt, um Jerry nicht noch nervöser zu machen, als er sowieso schon war.

Das hatte immerhin den Vorteil, dass wir schon vor dem Abendessen im Haus waren. Anja Norden kam zehn Minuten zu spät und die D-Rex kurz danach. Ihre Megafon-Stimme ließ uns erzittern. „Liebe Kolleginnen und Kollegen, liebe Kinder: Mein Zuspätkommen bitte ich zu entschuldigen – es gab wichtige Gründe. Nach dem Essen erzähle ich mehr." Mit grimmigem Schwung zog sie ihren Stuhl unter dem Tisch hervor, ließ sich darauf nieder und rückte ihn schleifend und quietschend zurecht.

„Uiuiui!", machte Kati und wedelte mit der Hand. „Dicke Luft bei Lehrers!"

„... und dabei weiß sie noch nicht mal die Hälfte von allem, was passiert ist!", ergänzte Sophie und schnitt ein bedenkliches Gesicht.

„Wir mussen den Garten und unsere Club-Chaus wieder so machen wie zuvor", mahnte Sara. „Egal, wer schuld ist – wir machen alles picobello!" Sie wühlte in ihrer Hosentasche und förderte ein Blatt Papier zutage, das mehrfach zusammengefaltet war. Hastig öffnete sie es und strich es glatt. Es war Annas Lageplan von Schloss Katzenfels. „Da ... und e-da!" (sie tippte auf das Gartenhaus und den angrenzenden Kräutergarten) „Alles muss geraumt sein, *está claro*?"

In diesem Moment fiel es mir wie Schuppen von den Augen. Als ich Annas Zeichnung anstarrte, kam plötzlich ein Gedanke in meinen Kopf zurück, der dort schon einmal durchgerast war. Damals hatte ich ihn nicht richtig zu fassen gekriegt, aber jetzt wusste ich, was er zu bedeuten hatte.

„Übrigens ...“, begann ich und drehte das Blatt zu Anna. „Der Plan ist wunderschön, aber leider nicht ganz richtig. Guck mal hier!“ Ich tippte auf den linken oberen Rand des Lageplans. Alle beugten sich über das Papier. Halb verdeckt von meinem Zeigefinger, stand dort „Wäldchen“ – und rundherum sprossen jede Menge Weihnachtsbäumchen. Zumindest sah es auf dem Papier so aus. „Die Bäume“, erklärte ich Anna, „sind falsch gezeichnet. Dort wachsen keine Tannen oder Fichten, sondern Thuja. Manche nennen die Dinger auch Lebensbaum ...“

Anna schaute mich an, als sei ich ein sprechender Weihnachtsbaum. Auch die anderen verstanden kein Wort. Nur Marie begann zu grübeln. „Du meinst, das Wäldchen ist in Wahrheit eine Hecke?“, fragte sie. „Das würde auch erklären, warum die Bäume so dicht zusammen stehen.“

„Und wenn schon!“, maulte Kati. „Ich versteh den Witz nicht. Hecke oder Wäldchen – ist doch ganz egal!“

„Eben nicht!“, widersprach ich aufgeregt. „Überlegt doch mal: Alles in diesem Park war geplant. Die Blumenbeete im Schlosshof sind spiegelbildlich angeordnet, die Büsche sind in Tierform geschnitten, wo heute der Sportplatz ist, war früher ein Rosengarten – und auf der anderen Seite des Schlosses soll ein Wald wuchern?

Nie im Leben! Noch nicht mal eine Hecke macht dort Sinn, denn den Park begrenzt eine Mauer. Außerdem hat das angebliche Wäldchen eine ganz exakte Form. Es sieht nämlich aus wie ein Rechteck!"

Meine Zuhörerinnen verstanden noch immer nicht. Deshalb musste ich deutlicher werden: „DAS da war eine Heckenlandschaft, die ganz genau angelegt und zugeschnitten war. Ich schätze mal, früher war hier ein Irrgarten – mit Heckenwänden, die so dicht und hoch waren, dass man weder durch sie hindurch sehen konnte noch über sie hinweg. Ein perfektes Labyrinth!"

Jetzt bekamen die Mädels große Augen. „Wow", machte Kati, und Sara klatschte in die Hände. *„Un laberinto! Genial!"*, rief sie und kicherte. Nur Lea sah mich misstrauisch an. „Wie kommst du denn darauf?", fragte sie. „Und wo ist bitteschön der Eingang?"

„Ganz einfach", entgegnete ich ruhig. „In vielen Schlossgärten gab es grüne Labyrinthe – mein Vater hat einen Fotobildband davon. Und der Eingang war da, wo der Abstand zwischen den Stämmen am größten ist. Überleg doch mal: Die Hecke wurde ewig nicht geschnitten! Die Äste haben alle Wege überwuchert und den Eingang erst recht. Aber ich wette, dass der Eingang genau auf der Mitte der Schlossseite liegt. Ich war mit meinen Eltern mal in England. Dort kann man in jedem zweiten Park einen Irrgarten besuchen. Du gehst gemütlich rein, biegst mal links ab und mal rechts, kommst in Sackgassen und drehst wieder um, gehst zurück und suchst dir einen neuen Weg - bis du in der Mitte ankommst. Dort steht meistens eine Bank, und rundherum sind Hecken - wie in einem grünen Zimmer!" Ich strahlte in die Runde, und die *KessCatz* strahlten zurück. Wir dachten alle dasselbe: DAS wäre ein Treffpunkt für die nächste Katzenkonferenz!

„*Okay, cats!*", sagte Lara und ballte die Faust. „*Let's go for it!* Wir machen den Weg zum *Green Room* frei - wie im Dschungel, mit einem Buschmesser!"

„*Sí, sí, sí!*", rief Sara, und diesmal war sie wirklich zu laut. „*Cómo en la selva!* Wie in die Uhrenwald!"

Neuer Verdacht

„URWALD heißt das!“, übertönte die D-Rex Saras Freudenschrei. „Aber wir sind hier nicht im Urwald. Deshalb möchte ich jetzt zwei Dinge wissen. Erstens: Wer hat die Pferde erschreckt? Zweitens: Wer hat den Kräutergarten verwüstet? Vielleicht möchtest du mir ja antworten, Sara Romero?“

Sara fuhr herum. Als sie sah, dass Frau Gerwinius sich erhoben hatte, stand sie auch auf. „*Yo* NO, *señora!*“, sagte sie grimmig und betonte dabei jede einzelne Silbe. „Ich nickt!“ Die D-Rex wirkte leicht verwirrt. Langsam wiederholte Sara, als hätte sie es mit einem begriffsstutzigen Kleinkind zu tun: „Ich. War. Es. Nickt!“

Jetzt hatte auch Frau Gerwinius verstanden. „Schon gut, du warst es also nicht“, antwortete sie misslaunig. „Und wer war es deiner Meinung nach dann?“

Wir versuchten, Sara ein Zeichen zu geben. Doch sie hatte nur Augen für ihr Gegenüber. Eiskalt sah sie Frau Gerwinius an und sagte: „Meine Meinung ist: Es war diese, wie sagt man? Eßtink-eßtiffel! Der Sohn von seinem Vater! Der Kleine vom Krossen. Burgermeister Zumtobbell!!"

„WIE bitte?", fragte Frau Gerwinius. „Was willst du damit sagen?"

Eilig erhob sich Marie und erklärte: „Wir meinen, es könnte der Sohn des Bürgermeisters gewesen sein. Tobias Zumtobel. Die Jungs haben sich wohl einen Spaß erlaubt und uns im Gartenhäuschen eingeschlossen, als wir dort nach dem Rechten sehen wollten. Wir konnten uns nur befreien, indem wir die Abdeckung des Rundfensters weggezogen und von dort aus den Riegel zurückgeschoben haben. Mit einer Harke. Als wir nach draußen kamen, waren die Beete verwüstet. Kurz darauf spielte das Pony verrückt. Wir vermuten, dass derjenige, der uns eingeschlossen hat, auch im Stall war."

Die D-Rex sah ungläubig von Sara zu Marie und wieder zurück. „Mit anderen Worten: Ihr habt euch mit den Dorfjungen einen Kleinkrieg geliefert", stellte sie fest.

„*NO!*", rief Sara, doch die D-Rex hob die Hand. „Es

ist gut, Sara!“, tönte sie. „Du sprichst bitte erst dann weiter, wenn ich dich frage. Wie hast du den Sohn des Bürgermeisters genannt? Stinkstiefel? Solche Ausdrücke möchte ich hier nicht mehr hören. Wenn ihr mit den Jungen spielen wollt - gerne. Aber solche Streiche wie die beiden Vorkommnisse von vorhin gehen eindeutig zu weit. Ihr werdet das Gartenhaus und den Kräutergarten selbstverständlich wieder instand setzen.“

Unbemerkt von der D-Rex nickten wir einander zu. Das hatten wir sowieso geplant. Doch Frau Gerwinius hatte noch ein anderes Problem. „Was die Pferde anbelangt“, verkündete sie, „könnt ihr von Glück reden, dass es eurer Reitlehrerin gelungen ist, das Pony zu beruhigen. Was habt ihr euch nur dabei gedacht? Wir tun alles, um nächste Woche den Dressurpreis zu gewinnen, und ihr macht Rabatz im Pferdestall. Wisst ihr denn nicht, dass Albatros absolute Ruhe braucht?!? SO wird Schloss Katzenfels jedenfalls nicht berühmt. Und schiebt nicht alle Schuld auf eure Freunde! Das ist feige und gehört sich nicht. Zum Glück steht das Wochenende vor der Tür. Ruft bitte zu Hause an und erklärt euren Familien, dass ihr den Schaden wiedergutmachen müsst, den ihr angerichtet habt. Wenn der Kräutergarten bis morgen Mittag wiederhergestellt ist, könnt ihr nach Hause fahren. Vorher jedenfalls nicht!“

Das saß! Sara kochte vor Wut. Doch noch ehe sie etwas erwidern konnte, packte Kati sie am Arm und zerrte sie auf ihren Stuhl zurück. „Lass gut sein", murmelte sie. „Soll die Alte doch glauben, was sie will! Dagegen hast du keine Chance!"

Lea ergänzte: „Vor allem, weil der Sohn des lieben Herrn Bürgermeister mit drinsteckt! Alles ganz harmlos – nur wir sind die Bösen. Es ist zum Kotzen!"

Doch bei allem Ärger half nur eines: Ärmel hochkrempeln und durch! Genau das taten wir am Freitagnachmittag: Wir zogen Gummistiefel an und machten uns daran, den Schaden zu beseitigen.

Tabby war uns eine große Hilfe. Obwohl sie gar nicht in der Gärtnergruppe war, erinnerte sie sich ganz genau, wo welche Pflanze gestanden hatte. So konnten wir sogar die Pflanzen wieder „beschriften", von denen gar nichts mehr zu sehen war, weil oberhalb der Wurzeln nichts mehr wuchs. Nur das Schildchen zum Baldrian blieb genauso unauffindbar wie die Pflanze selbst.

„Keine Angst!", beruhigte ich Marie, die schon wieder mit den Tränen kämpfte. „Kräuter wachsen schnell. Die Wurzeln treiben aus, und in ein paar Tagen siehst du schon wieder grüne Blättchen, wo jetzt nur blanke Erde ist."

„Hoffentlich!", schniefte Marie. „Pflanzenschilder ohne Pflanzen sehen einfach ZU traurig aus!"

„Hört mal", schlug ich vor, als die Gartenarbeit getan war. „Wir sollten mit Anja Norden reden. Vielleicht hat sie eine Erklärung für Jerrys Verhalten. Wenn wir uns mit Knobi prügeln, sollten wir wenigstens wissen, warum."

Alle waren einverstanden, und wir liefen zum Reitstall. Weit kamen wir allerdings nicht, denn auf halbem Weg stoppte uns ein Warnschild. Direkt hinter der Einfahrt zum Hauptweg prangte unübersehbar ein Pannenschild: weißes Dreieck mit rotem Rand und schwarzem Ausrufezeichen. Jenseits der Einfahrt parkte ein Kleinlaster, neben dem ein Mann aus dem Dorf stand.

„Was'n hier los?", fragte Kati und sprintete los. Sekunden später kam sie mit langem Gesicht zurück. „Ihr AHNT ja nicht, was die Gerwisaurus sich ausgedacht hat!", stöhnte sie. „Dieser alte Drachen! Sie hat tatsächlich den Schmied bestellt, damit er ein Tor vor unsere Einfahrt baut! Soll das hier ein Gefängnis werden?"

„WAAAS? Wirklich? Hilfe!" Während wir wild durcheinanderschrien, sah Ole um die Ecke der Parkmauer. Diesmal war er nicht als Stallbursche im Einsatz, sondern in seinem Hauptberuf als Lehrling des Schmieds.

„Was'n hier los?", fragte er genauso neugierig wie Kati. „Bei euch geht ja wohl die Post ab, wenn ich mal nicht da bin! Eure Direktorin hat gestern Abend meinen Meister angerufen und behauptet, ihr braucht ein ausbruchsicheres Tor, weil das Pony mit hundertachtzig Sachen durch den Park rast. Irgendwas stimmt da nicht!" Er rückte sich sein Cap zurecht und trollte sich zu seinem Chef.

„Habt ihr das gesehen?", fragte Tabby. „Oles Käppi – Wahnsinn!"

Verständnislos starrten wir sie an. „Tabby hat den Fotoblick", erklärte ihre Freundin Sophie. „Ein Blick, ein Klick – und alles ist im Kasten. Na los: Fragt sie ruhig, wie die Kappe aussah! Ich wette, sie weiß es!"

„Okay", brummte Lea, „spuck's schon aus: Was war auf der Mütze?"

Tabby musste nicht eine Sekunde nachdenken. Es sprudelte nur so aus ihr heraus: „Eine Flammenwand", sagte sie eifrig, „und darin ein Hufeisen – grün und pink, mit Kleeblättern an den Enden. Durch das Hufeisen, also aus dem Feuer heraus, springt ein Tiger. Sein Kopf ist riesengroß, er fletscht die Zähne und legt die Ohren an. Seine Augen sind gelbgrün und in seinem schwarzen Rachen sieht man die rote Zunge."

„BOAH", machte Kati. Mehr fiel ihr nicht ein. Alle anderen waren genauso beeindruckt. Nur Sophie strahlte – so stolz, als hätte sie selbst Tabea ihre wundersame Beobachtungsgabe geschenkt.

Nach einer Weile sagte Lea: „Leute, die Sache stinkt zum Himmel! Wir sollten mal checken, was für Schuhe Ole trägt!"

„Ich mach das!", bot ich an. „Heute Abend beim Ausmisten."

Damit waren alle einverstanden, und wir suchten weiter nach Anja Norden. Sie trainierte mit Albatros. Als sie uns sah, gab sie dem Hengst ein Zeichen und ließ ihn in der Mitte des Platzes stehen. Dann kam sie auf uns zu.

„Tut mir leid, wie das gestern gelaufen ist!", beteuerte sie. „Ich hatte nur erwähnt, dass ihr euch gerade noch vor Jerry retten konntet. Frau Gerwinius hat das wohl missverstanden. Ich habe noch einmal mit ihr gesprochen und alles klargestellt – auch, dass ihr es sicher nicht wart, die den Kräutergarten zerstört haben."

„Von Ihnen wusste Frau Gerwinius also, wie es dort aussieht", stellte Lea fest.

Anja Norden nickte. „Jerry ist durch den ganzen Park gefegt – vom Wäldchen bis zum Gartenhaus. Ich hatte wirklich Angst, er würde mir ausbüxen. Das habe ich Frau Gerwinius auch gesagt. Deshalb wird jetzt ein

Tor bei der Einfahrt angebracht." Sie seufzte. „Es ist fast unmöglich, ein normales Pferd so zu erschrecken, dass es minutenlang kopflos hin- und herrast. Aber Jerry IST kein normales Pferd. Seit gestern weiß ich, dass er aus einem aufgelösten Zirkus stammt."

„Klasse!", lachte Kati. „Dann kann er bestimmt jede Menge Kunststücke! Zuckerstücke zählen zum Beispiel."

„Oder wie ein D-Zug durch die Manege rasen, wenn jemand pfeift", sagte Anja Norden.

Erschrocken sahen wir einander an. „Wer könnte denn so was wissen?", fragte Lisa.

„Eine Menge Leute", erwiderte Anja Norden. „Jeder, der einmal in der Vorstellung war und die Ponynummer gesehen hat, könnte das Kommando kennen. Ich versuche schon seit gestern, zumindest den ehemaligen Direktor des betreffenden Zirkus aufzustöbern. Wir MÜSSEN mehr über Jerry erfahren."

AbrakadAbraxas

Anja Nordens Worte gingen mir nicht mehr aus dem Kopf, als ich am nächsten Morgen heimfuhr. Mein Ausritt mit Abraxas führte mich auch diesmal wieder zurück nach Katzenfels. An der Parkmauer war jetzt ein Eisentor angebracht, mit dem man die Einfahrt verschließen konnte.

Ole sah mich komisch an, als ich auf Abraxas in den Schlosspark ritt. „Die Direktorin will testen, wie Jerry sich gegenüber einem Pony verhält", log ich. „Die Pferde sind ja viel größer als er. Vielleicht hat er ganz einfach Komplexe ..."

Ole wusste so gut wie ich, dass das totaler Nonsens war, aber unserer Direktorin schien er so viel Unsinn zuzutrauen. Jedenfalls wunderte er sich nicht weiter, als ich den Weg zum Stall einschlug.

Dort band ich Abraxas an einem Pfosten vor dem Tor fest und schlich ins Innere. Wieder einmal standen Zora und Jerry in ihrer Box. Albatros war also im Training – draußen auf dem Reitplatz. Zora kaute Heu und sah ganz zufrieden aus. Nur Jerry benahm sich genauso komisch wie zu Anfang unserer Bekanntschaft. Anstatt mich zu begrüßen, wie er es seit ein paar Tagen tat, stand er in der hintersten Ecke seiner Box und starrte aus dem Fenster.

Davon ließ ich mich nicht abschrecken. In den vergangenen Tagen waren wir ja schon beinahe Freunde geworden. Vorsichtig betrat ich die Box und sprach dabei beruhigend auf Jerry ein. Aber er sah mich nicht an, sondern drehte mir weiter stur den Rücken zu. „Guter Junge", lockte ich – genau so, wie ich Abraxas immer rief. „Guter Junge, komm her!"

Ich dachte gar nicht mehr daran, dass Abraxas vor der Tür stand – und dass er sehr gut hörte. Beim nächsten Lockruf antwortete er mit einem leisen Schnobern, und Jerry explodierte. Er warf sich herum, stieg auf die Hinterbeine und wieherte ohrenbetäubend. Ich wich rückwärts aus und fiel hin. Hoch über mir sah ich Jerrys Vorderhufe durch die Luft rauschen. Panisch rollte ich mich zur Seite, doch Jerry blieb aufrecht stehen, trippelte eine halbe Runde weiter und ließ seine Hufe mir gegenüber auf den Bretterboden krachen. Dann drehte er sich zu mir zurück und blies mir seinen warmen Atem ins Gesicht.

„Jerry!!!", flüsterte ich und strich ihm mit zitternder Hand über die Nase. „Du hast mich ganz schön erschreckt!" Mühsam rappelte ich mich auf und blieb mit weichen Knien stehen. Mein Herz raste immer noch wie wild, als Anja Norden zur Stalltür hereinkam.

„Um Gottes Willen! Julia!", rief sie. „Bist du verletzt?"

Ich schüttelte den Kopf, streichelte Jerry noch einmal und verließ langsam die Box. Erst als ich sie verriegelt hatte, begann ich zu zittern. „Ich dachte, er tritt mich tot", sagte ich und lächelte schwach.

Meine Lehrerin packte mich bei den Schultern. „Alles okay?", fragte sie eindringlich. Ich nickte und erzählte dann, was passiert war. Anja Norden schnaubte. „Du bist ja wohl von allen guten Geistern verlassen!", schimpfte sie. „Ein Pferd, das dir den Rücken zuwendet, derart in die Enge zu treiben! Im Klartext: Die Box ist zu kurz, um einem Pferd genügend Abstand zu bieten – zumindest, solange es dir nicht voll und ganz vertraut. Jerry ist einfach noch nicht so weit – trotz aller Übungen, die ihr zusammen gemacht habt. Ich habe sein Wiehern gehört und wusste: Hier ist was faul. Ist er auf die Hinterhand gestiegen?"

Wieder nickte ich. Anja Norden nahm mich in den Arm. „Du weißt doch, dass ein Pferd sich aufbäumt, um den Gegner einzuschüchtern", sagte sie. „Normalerweise folgt dann die Flucht, aber dazu hatte Jerry einfach keinen Platz. Ein Glück, dass er nicht über dich hinweggetrampelt und getürmt ist!"

Ich machte mich los und sah meine Lehrerin an. „Das hätte Jerry nie und nimmer getan!", sagte ich und betonte jedes einzelne Wort. „Er wollte mir nicht wehtun. Im Gegenteil: Er hat sich zwar aufgebäumt, aber dann hat er auf den Hinterbeinen eine halbe Drehung nach rechts gemacht und die Vorderbeine erst danach abgesetzt. Er hat alles getan, um mir nicht wehzutun."

Anja Norden starrte mich an. „WAS hat er gemacht?", fragte sie. Ich begann noch einmal: „Eine halbe Drehung nach rechts, und dann ..."

„Auf den Hinterbeinen?!?", fragte Anja Norden. „Komisch – genau dasselbe hat Abraxas draußen auch gemacht ..."

Wortlos sahen wir einander an. Wir lachten beide, als wir begriffen, dass wir Jerrys Rätsel gelöst hatten. „Er hat gar nicht geschmollt!", rief ich. „Er hat nur Albatros beim Training beobachtet!"

Anja Norden ergänzte: „Und wenn der Reitplatz leer war, hat er erst recht aus dem Fenster gestarrt. Wir sollten endlich begreifen, dass er auf den Platz will – in die Manege!"

„Er ist aufgestiegen, weil das eines seiner Kunststücke war", sagte ich glücklich. „Nicht, um mich zu bedrohen!"

„Er kann ja sogar die Hinterhand-Pirouette! Genau das wollte er zeigen", schloss Anja Norden.

Eine Weile schwiegen wir – überwältigt von unserer Entdeckung. Dann fragte ich: „Ob er gemerkt hat, dass Abraxas draußen steht?"

„Auf jeden Fall." Anja Norden lächelte. „Vermutlich war Jerry Teil einer Ponynummer, an der mehrere Tiere teilnahmen. Vielleicht sollte ich Jerry und Albatros gemeinsam trainieren – auch wenn so ein großes Pferd Jerrys Ponykollegen nicht ersetzen kann ..."

„Er könnte doch mit Abraxas zusammen üben", schlug ich vor. „Da kann einer vom anderen lernen. Abraxas ist klasse für Ausritte, aber von Dressurübungen hat er keine Ahnung."

Nachdenklich sah Anja Norden mich an. „Keine schlechte Idee", sagte sie und lächelte. „Immerhin wissen wir dank Abraxas mehr über Jerry als je zuvor. Ich glaube fast, dein Pony kann zaubern."

„Klar!", bestätigte ich. „Deswegen heißt es doch Abrakad...Abraxas!!!"

„Na, dann zaubert euch mal ganz schnell vom Acker", riet mir Anja Norden schmunzelnd. „Ehe Frau Gerwinius hier auftaucht. Die wollte nämlich Albatros' Fortschritte persönlich begutachten."

Das ließ ich mir nicht zweimal sagen. „Danke für den Tipp!", rief ich, als ich schon auf Abraxas' Rücken saß. Keine Sekunde zu früh, denn am Ende des Weges tauchte im Stechschritt Frau Gerwinius auf. Ich trieb Abraxas zur Eile an und trabte mit ihm um die Kurve beim Kutscherhaus.

An der Einfahrt hielt ich noch einmal an. „Schickes Cap!", lobte ich Ole. „Wollte ich dir gestern schon sagen, aber beim Ausmisten haben wir uns leider verpasst."

Ole grinste. „Ich war spät dran. Hab ja noch was anderes zu tun außer Tore schmieden, Stallarbeit und mit kleinen Mädchen quaken."

„Seehr witzig", begann ich, biss mir aber auf die Zunge und fragte: „Warst du bei deiner Gang?"

„Welche Gang?", fragte Ole zurück, schob sein Cap in den Nacken und kratzte sich an der Stirn.

„Na ja", schwatzte ich drauflos, „weil du auf einmal diese coole Mütze hast, dachte ich: Bestimmt haben deine Kumpel auch so was, und ihr habt vielleicht 'ne Tigerbande oder so ..."

Was für ein dämliches Gequassel! Aber Ole fand mein Geplapper wohl normal - jedenfalls für „kleine Mädchen" (Idiot!). Immerhin verriet seine Antwort fast alles, was ich wissen wollte.

„Näääää", machte er und grinste noch breiter als zuvor. „Tigerbande nicht gerade. Das wär mir zu kindisch. Aber ich hab 'nen Kumpel, der steht voll auf Tiger. Jedenfalls hat er sogar Turnschuhe mit Tigerprofil. Echt cool - aber das Cap fand ich noch cooler. Deswegen hat er's mir geschenkt. Voll korrekt, Mann! So 'n Ding is nämlich irre teuer."

„Toll!", staunte ich. „Und wer ist der Typ? Der muss ja ganz schön Kohle haben!" Im Stillen dachte ich mir: „Seit wann ist ein Geschenk toll, nur weil es teuer war?"

Doch Ole lachte nur dumm. „Na klar!", lästerte er. „Typisch!! Kaum kommt einer mit Kohle um die Ecke, schon fliegen die Mädels auf ihn!"

„Du hast sie ja wohl nicht mehr alle!", entgegnete ich pampig und trieb Abraxas an. Nach diesem Dumme-Jungen-Witz konnte ich gar nicht schnell genug von Ole-mit-der-Mütze wegkommen.

Katze aus dem Sack!

Zu Hause stürzte ich ans Telefon, um Sophie die neuesten Neuigkeiten zu erzählen.

Sie lachte. „Wozu fährst du überhaupt noch nach Hause, wenn du jedes Wochenende wieder Richtung Katzenfels reitest?" Doch als sie hörte, wie ich das Rätsel um Jerry gelöst hatte, war sie beeindruckt. „Wahnsinn!", rief sie. „Endlich weißt du, was er wirklich will!"

Im Hintergrund hörte ich Tabby: „Lara hat doch gesagt, Ponyflüsterin heißt ‚*The girl that listens to horses*'. Mann, Sophie, das STIMMT: Julia redet nicht nur mit den Pferden, sie hört ihnen auch zu. Deshalb hat Jerry ihr auch seine Geschichte erzählt – und Julia hat sie verstanden!"

Das war nett gemeint, aber trotzdem versetzte mir Tabbys Kommentar einen schmerzhaften Stich. Zum zweiten Mal verbrachte sie das Wochenende bei Sophie, während ich mir drei Dörfer weiter vorkam wie das fünfte Rad am Wagen.

Doch Sophies Antwort tröstete mich. Stolz sagte sie: „Julia ist nicht nur Pferdeversteherin, sondern auch noch Detektivin. Schon in der Probenacht wusste ich: Sie macht unserem ‚Boss im Schloss' noch Konkurrenz. Ich bin ja SO gespannt, was Lea sagt!"

Das war ich auch, aber es gab noch einen anderen Grund, warum ich es auch diesmal kaum erwarten konnte, ins Internat zurückzukehren: Sophie, Tabby und die anderen verbrachten ihr Wochenende gemeinsam in Katzberg. Ich dagegen fühlte mich wie am Ende der Welt. Bis zum Sommer hatte ich kein Problem damit gehabt, nach Unterrichtsschluss sofort zum Bus zu laufen, aber das neue Schuljahr hatte alles verändert. Auf Katzenfels waren wir eine verschworene Gemeinschaft, und das, was ich herausgefunden hatte, betraf uns alle. Deshalb bat ich Sophie, die Telefonkette zu starten. Am Sonntagnachmittag, noch vor dem Abendessen, wollte ich die *KessCatz* informieren – auch wenn ich nicht allzu viel über den Gartenhaus-Gangster herausgefunden hatte.

Lea sah das anders. „Immerhin", sagte sie am nächsten Tag, als ich meinen Bericht beendet hatte, „wissen wir jetzt, dass Ole NICHT der Mann mit den Tigerschuhen ist. Wir müssen nur noch herausfinden, wer ihm das Käppi geschenkt hat, und schon haben wir den armen Kerl, der von uns Dresche kriegt! Und von Jerry wahrscheinlich auch."

Alle lachten, doch ich widersprach. „Jerry würde niemals einen Menschen angreifen. Nicht mal dann, wenn er seinetwegen halb durchdreht. Wer weiß, was ihm der Kerl angetan hat! Die Idee mit dem Zirkuskommando, das Pferde zu Rennmaschinen macht, war jedenfalls Unsinn. Jerry war doch kein Rennpferd, sondern ein Dressurpferd. Diesen Unterschied hat ja schon der Zeitungspraktikant nicht verstanden."

„Sag das noch mal!", bat Lea.

„Jerry würde niemanden angreifen", begann ich, doch Lea fiel mir ins Wort. „Jaja, schon gut! Der zweite Teil interessiert mich! Dass der Zeitungsheini etwas falsch verstanden hat." Mit Feuereifer erklärte sie: „In der Zeitung stand doch, wir würden an Pferderennen teilnehmen. Kurz danach wird ein Tier zum Rennpferd, das darauf gar nicht vorbereitet ist. Also: Was sagt uns das?"

Weil keine von uns ein Wort sagte, beantwortete sich Lea ihre Frage selbst: „Na, das heißt doch wohl, dass jemand nachgeholfen hat!"

„UPPS!", machte Kati. „Du glaubst doch wohl nicht, dass die D-Rex Jerry ein Zäpfchen gibt, damit er besser abgeht?"

„Blödsinn!", schnaubte Lea. „Die D-Rex weiß ja wohl, was sie mit welchem Pferd vorhat. Bestimmt nicht, mit Jerry Rennen zu gewinnen. Ich denke eher, da hat jemand den Zeitungsartikel gelesen und dann genau das getan, von dem er glaubte, WIR würden es tun, wenn WIR nachhelfen würden!"

„Versteh ich nicht!", brummte Kati.

Mir ging es ähnlich, aber zum Glück rechnete unser Boss im Schloss mit der Dummheit seiner Untertanen und erklärte alles noch mal langsam: „Also, Mädels, zum Mitschreiben: Jemand liest die Zeitung und glaubt, wir wollen Pferderennen gewinnen. Daraufhin probiert er irgendein Mittelchen an Jerry aus, das den armen Kerl zum Rennpferd macht - obwohl er ein Pony ist und sowieso nicht bei einem Rennen starten dürfte! Aber warum hat der Unbekannte das wohl getan? Überlegt doch mal: Wenn ein Pferd mit unerlaubten Mitteln schneller läuft als normal, fällt das auf. Bei einem Rennen erst recht. Nur: Wie nennt man so was, und was passiert dann wohl?"

Keine von uns verstand, worauf Lea anspielte. Endlich ließ sie die Katze aus dem Sack: „Liebe Leute, das ist DOPING! Schon mal davon gehört?! Das ist, wenn Sportler Medikamente nehmen, um schneller zu laufen, zu schwimmen oder größere Gewichte zu stemmen. Und wenn das auffliegt, werden sie disqualifiziert. Das war's dann mit der Karriere! Aus, Ende, Äpfel!"

„WAAS?! Oh Gott! Hilfe! Wer will denn SO was?!" Aufgeregt riefen wir durcheinander.

Trotzdem gelang es Lea, sich noch einmal Gehör zu verschaffen: „Im Klartext: Wer uns eingesperrt hat, war sowieso unterwegs, um uns einen üblen Streich zu spielen. Deshalb ist er auch sofort verschwunden: Er wollte so schnell wie möglich zum Stall."

„Oder Saras Schrei hat ihn verjagt", erinnerte Anna. „Als ihr die Harke an den Kopf geknallt war, hat ja selbst die Katze Angst gekriegt. Übrigens ..." Mit spitzbübischem Grinsen fuhr sie fort: „Während IHR beim Stall nach Mister X gefahndet habt, habe ICH beim Gartenhaus die Katze gesucht. Vielmehr: das Kätzchen. Sie ist ja noch so klein ..."

Anna lief aus dem Zimmer und kam kurz danach mit einem schnurrenden, flauschig weichen und kohlabraxasrabenschwarzen Bündel auf dem Arm wieder zurück. „Darf ich vorstellen?", sagte sie. „Mollis verschwundenes Kind. Die beiden anderen hat der Hausmeister weggegeben. Da hatte dieser kleine Racker sich wohl schon selbstständig gemacht. Deshalb hat auch Julia die Kesseste von allen gar nicht gesehen. Aber jetzt gehört sie uns: Kessi - die Frechste!" Nun war die Katze wirklich aus dem Sack. Und die *KessCatz* hatten ein Maskottchen.

Hilfe! Lahmfrommes Pferd!

Die neue Woche fing gut an: Wir machten einen Plan, wer sich wann um Kessi kümmern sollte. Morgens musste sie im Zimmer der Zwillinge bleiben, während des Mittagessens ließ Ida sie in den Garten und lockte sie nachher mit einem Schälchen verdünnter Milch zurück.

Frau Baumann, die Köchin, war begeistert über den neuen Mäusejäger – auch wenn sie bisher noch keine Maus im Schloss gesehen hatte. „Man weiß ja nie ...“, sagte sie zu Ida, und Ida erzählte mir brühwarm: „Die Baumann hat Angst vor Mäusen!“

Mir war das egal – solange sie der D-Rex nicht verriet, dass eine Katze im Haus war.

Nachmittags passten wir abwechselnd auf Kessi auf. Ich war die Einzige, die sich nicht darum riss, denn Jerry war mir immer noch lieber.

Anja Norden und ich hatten recht behalten: Jerry hatte im Zirkus bei Gruppendressuren mitgewirkt. Wenn Albatros seine Figuren übte, machte Jerry auf der anderen Seite des Platzes das Gleiche. Jedenfalls so ziemlich. Neuerdings trainierte Anja Norden im Sattel. Schließlich sollte Albatros am nächsten Samstag zusammen mit seiner Reiterin gewinnen. Doch die glaubte nicht so recht an einen Sieg. „Ich versuche, ihm Sicherheit zu geben", sagte sie. „Das ist das Allerwichtigste."

Auch ich hatte meine Zweifel, denn sobald sich jemand dem Trainingsplatz näherte, schlug Albatros nervös mit dem Schweif und spielte unruhig mit den Ohren.

Am Dienstag fragte ich Ole: „Was meinst du? Jetzt wird Albatros doch noch ein Turnierpferd, vielleicht sogar ein Turniersieger!"

Ole lachte und kratzte sich unter seiner Tigermütze. „Kann sein", meinte er geheimnisvoll. Mehr sagte er nicht dazu.

Wenn Albatros und Jerry draußen ihre Figuren übten, verbrachte ich viel Zeit mit Zora - manchmal im Stall, manchmal bei einem Ausritt. Endlich durfte ich die Fuchsstute reiten! Seit Anja Norden mich mit Abraxas gesehen hatte, war das kein Problem mehr. Die Einzige, die Probleme hatte, war ich selbst. Ich hatte

Zora schon immer ein bisschen langweilig gefunden, aber seit ich sie reiten durfte, kam sie mir vor wie eine Schlaftablette.

„Unser altes Mädchen ist eben lammfromm!", sagte Anja Norden, als ich sie darauf ansprach, und tätschelte Zora den Hals. Sonst hatte die Stute bei dieser Gelegenheit immer versucht, der Pferdetrainerin ein Leckerli aus der Tasche zu ziehen, aber jetzt schloss sie nur die Augen und genoss die Streicheleinheiten.

„Von wegen lammfromm!", dachte ich. „Lahmfromm trifft es wohl besser!"

Am Donnerstag war Anja Norden zum ersten Mal hundertprozentig zufrieden mit Albatros. „Heute hat er nicht mal mit den Ohren gezuckt, als Frau Gerwinius angerannt kam", berichtete sie mir nach dem Training. „Sie hatte den Trainingsbeginn versäumt und kam in voller Fahrt auf uns zu, aber Albatros hat sie gar nicht beachtet. Unglaublich, wie er sich entwickelt! Er bekommt einen ganz anderen Charakter – viel ruhiger und gelassener." Verlegen gestand sie: „Ich fange schon an, mir Hoffnungen auf den Sieg zu machen."

Das kam mir seltsam vor, aber ich schwieg. Stattdessen alarmierte ich die *KessCatz*. Abends im Gartenhäuschen drängte ich: „Wir müssen jetzt endlich handeln!"

„Das wurde aber auch Zeit!", rief Lea. „Kommt dein Vater oder müssen wir wirklich mit dem Buschmesser ran?"

Ich winkte ab. „Vergiss es!" Seit ich den *KessCatz* meine Wäldchen-Theorie offenbart hatte, hofften sie jeden Tag, dass mein Vater käme, um die Hecke zu schneiden. Aber ich wartete noch immer auf den geeigneten Moment, um ihn und vor allem Frau Gerwinius über meine Entdeckung zu informieren.

Mit den Pflanzabständen hatte ich jedenfalls recht behalten: Sämtliche Lebensbäume in der äußeren Reihe wuchsen in einem Abstand von fünfzig Zentimetern. Nur zur Mitte der Schlossseite hin war der Abstand mehr als doppelt so groß. Auf den ersten Blick merkte man nichts davon, denn die üppigen Zweige schlossen auch diese Lücke.

Trotzdem hatte Lea mehrmals versucht, den überwucherten Eingang zu überwinden. „Na los!", drängte sie jetzt. „Was spricht dein Pap?"

„Gar nichts - aber unsere Pferde haben mir was erzählt!", begann ich.

Lea verzog das Gesicht, doch sie hörte mir zu. Genauso wie alle andern.

„Jerrys Raserei war kein Einzelfall", sagte ich und betonte jedes Wort. „Es gibt nämlich eine Fortsetzung."

„WAS?", wunderte sich Lea. „Wieso haben wir davon nichts gemerkt?"

„Weil es diesmal weniger aufregend zugeht", erklärte ich. „Im Gegenteil: Aufregung kommt überhaupt nicht mehr vor. Alle sind die Ruhe selbst: Zora, Ole, Albatros - sogar Anja Norden. Sie behauptet, Albatros hätte jetzt einen ganz anderen Charakter als bisher."

„Bingo!", rief Lea. „Doping! Ich hab's ja gewusst!"

„Aber doch nicht die Norden", wunderte sich Kati. „Wenn das rauskommt, fliegt Albatros aus dem Turnier. Glaubst du, sie will das?"

„Blödsinn!", rief Lea. „Der geheimnisvolle Unbekannte will das! Der mit den Tigerschuhen! Derselbe, der Jerry zum Rennpferd machen wollte. Jetzt sorgt er dafür, dass Albatros im Stehen einschläft. Ich frage mich nur, wie Tobi hier hereinkommt. Neuerdings ist doch alles verriegelt - oder krabbelt er über die Mauer?"

Lea hatte recht: Seit Ole und sein Chef das große Tor eingebaut hatten, kamen nur noch Besucher auf das Internatsgelände, die sich an einer Videosprechanlage angemeldet hatten. Nur dann öffnete ihnen die Sekretärin das Tor. Um diese Gesichtskontrolle kam keiner herum. Und Tobi war wirklich ein miserabler Kletterer. Das wussten alle.

„Wir haben noch immer keinen Beweis dafür, dass er

unser Täter ist", mahnte Marie. „Bis jetzt hat Ole noch niemandem verraten, woher er sein Käppi hat."

Das war richtig. Ole fühlte sich unglaublich geschmeichelt, weil alle nach seiner Mütze fragten, aber jetzt wollte er erst recht nicht zugeben, dass sie ein Geschenk war. Neuerdings behauptete er sogar, er hätte sie von seinem letzten Amerikatrip mitgebracht!!!

„Ole nervt", sagte ich. „Er hat doch angeblich Besseres zu tun, als mit ‚kleinen Mädchen zu quaken'. Seine erfundene Amerikareise macht ihn noch lange nicht zum Froschkönig."

Sophie lachte. „Also bitte!", rief sie. „Ein bisschen mehr Verständnis für den armen Jungen könntest du schon haben! Ist doch klar, dass ihm das alles zu Kopf steigt! Wir schleichen ja auch um ihn herum wie die Katzen um den Baldrian ..."

„Komischer Spruch!", brummte Kati, und Sophie versuchte eine Erklärung: „Meine Oma sagt das immer, wenn jemand ganz wild auf etwas ist. Weil Katzen total erpicht sind auf Baldrian. Wenn du jemanden ärgern willst, dann schütte ihm abends Baldrian-Tropfen vors Haus. In der Nacht gibt's dann ein Katzenkonzert, dass allen in der Straße die Ohren abfallen."

„Davon stand aber nichts auf dem Schildchen", wunderte sich Marie.

„Welches Schildchen?", fragte Hannah, beantwortete sich die Frage aber selbst: „Ach ja: die weißen Dinger mit Erklärungen zu jeder einzelnen Pflanze, die ihr im Kräutergarten habt! Tja, vielleicht gibt's noch andere Wirkungen von Baldrian, die wichtiger sind als die für Katzen?"

Marie nickte. „Ich glaube, da stand was von medizinischer Wirkung. Mir fällt nur gerade nicht ein, gegen was. Kopfschmerzen? Husten? Bauchweh? Keine Ahnung." Ratlos sah sie zu Tabea, doch deren phänomenales Foto-Gedächtnis war in diesem Fall auch keine Hilfe.

„Tut mir leid", bedauerte Tabby. „Ich hab das Schild nie gesehen. Ich weiß nur, dass wir bei der Aufräumaktion vergeblich danach gesucht haben."

Das war der Moment, in dem bei mir der Groschen fiel. Schon zum dritten Mal innerhalb weniger Tage hatte ich eine Eingebung. „Wisst ihr was?", sagte ich und wunderte mich, wie ruhig meine Stimme dabei klang. „Der Baldrian ist die Lösung."

Neugierig sahen die *KessCatz* mich an. Alle warteten auf mehr. Doch ich war so überwältigt von meiner Erkenntnis, dass ich mich nur wiederholte: „Der Baldrian ist die Lösung – ich fresse Oles Mütze, wenn es anders ist!"

Rettung in letzter Sekunde – oder doch nicht?

„Versprich nicht zu viel!", warnte Hannah.

Lea lästerte: „Ich wette, das Ding ist schwer verdaulich – oder hast du den ganzen Ole zum Fressen gern?"

Ich ließ sie reden. Erst als jede ihr Witzchen gemacht hatte und alle, aber wirklich alle, mich erwartungsvoll ansahen, erklärte ich meine Theorie: „Alles passt zusammen: der Zeitungsartikel, in dem von Pferderennen die Rede war anstatt von Dressurwettkämpfen. Der Überfall am Gartenhaus. Die Zerstörung der Kräuterbeete. Jerry, der plötzlich verrückt spielt. Ole beim Torbau. Zora als Schlaftablette, Albatros als Charakterheld. Oles neue Mütze – und der Tiger. Ich glaube sogar, ich kann beweisen, mit wem Ole neuerdings abhängt. Das MUSS die Spur zu demjenigen sein, der Ole seine Tigermütze überlassen hat!"

„Und?", fragte Lea ruppig. „Geht's auch ein bisschen genauer?"

„Na gut", sagte ich und erzählte: „Irgendjemand will uns schaden. Die Fehlinformation im Zeitungsartikel lieferte ihm die passende Idee: Ein angebliches Rennpferd sollte zum Turbopferd werden. Wie der Übeltäter das geschafft hat, weiß ich nicht. Aber wir wissen alle, WANN er zugeschlagen hat: kurz nachdem er uns eingesperrt hatte. Vermutlich waren wir ihm im Weg. Vielleicht hatte er die Kräuterbeete geplündert und dachte, wir könnten ihn entdecken. Also hat er uns eingeschlossen. Aber nicht nur das: Ein Schild hat er geklaut, und die dazugehörige Pflanze wahrscheinlich auch."

„Den Baldrian?", fragte Marie mit großen Augen.

Anna nickte. „Stimmt. Das Baldrian-Schildchen war das einzige, das wir nicht gefunden haben."

„*Gosh!*", schimpfte Lara. „*What a pity we don't know the text!*"

„Ja", grinste ich. „Schade, dass wir nicht wissen, was darauf stand! Aber ich kann es mir denken: *Beruhigungsmittel, gegen Nervosität und Schlaflosigkeit. Kaum Nebenwirkungen.* Irgendwas in der Art. Ich schätze mal, als Mister X das las, kam er auf die Idee, die angeblichen Rennpferde zu betäuben und uns so das Rennen zu vermasseln. Jedenfalls nahm er das Schild mitsamt der ausgerissenen Pflanze mit. Vielleicht zerstörte er den Garten auch erst danach, um von dem Diebstahl abzulenken. Aber bestimmt wusste er nicht, dass beim Baldrian nicht die Blüten oder Blätter den Wirkstoff enthalten, sondern die Wurzel. Wenn er also vorhatte, das Beruhigungsmittel selbst herzustellen, hatte er Pech. Wahrscheinlich hat er Baldrianpillen oder -tropfen aus der Apotheke geholt. Oder jemand aus seiner Familie hatte Baldrian zu Hause. Viele Leute nehmen ihn, um besser schlafen zu können – nur bei Katzen bewirkt er das Gegenteil. Am nächsten Tag wurde die Einfahrt mit einem Tor geschlossen – und Ole war dabei. Mit neuer Mütze. Vielleicht hat er die als Gegenleistung erhalten für einen Gefallen, den er unserem Pferdeschreck erwiesen hat. Oder er wurde mit einem teuren Geschenk bestochen und konnte später nicht mehr Nein sagen, als der andere einen Gefallen von ihm verlangte. Jedenfalls muss Ole derjenige gewesen sein, der den Pferden das Beruhigungsmittel gegeben hat. Wahrscheinlich sogar mit den besten Absichten. Er war nämlich von Anfang an der Meinung, dass Albatros nie im Leben ein Turnierpferd wird, aber neuerdings glaubt er an das Märchen vom ruhigen und gelassenen Albatros. Dass ich nicht lache! Wahrscheinlich hat er ihn selbst unter Baldrian gesetzt, um ihn zu beruhigen, und noch nicht mal gemerkt, dass sein neuer Kumpel ganz andere Dinge vorhat."

„Welcher Kumpel denn?", fragte Kati. „Wir wissen doch gar nicht, von wem Oles Mütze stammt!"

„Nein", sagte ich, „aber wir können beweisen, dass Ole mehr mit Tobi zusammensteckt, als gut für ihn ist."

„Ach!", machte Lea. „Und wie soll das gehen?"

„Ganz einfach", erklärte ich. „Bei unserer Begegnung am Fluss ist mir nicht nur der Schuhabdruck mit dem Tigerkopf aufgefallen, sondern auch ein Ausdruck, den Knobi mir hinterherschrie, als Abraxas durchging: ‚Hossa! Der hat ja richtig Pfeffer im Arsch!' Genau diesen Ausdruck habe ich später von Ole gehört."

„Stimmt!", rief Anna erschrocken. „Und wir waren alle dabei: letzten Freitag, als Ole und sein Chef das neue Tor einbauten. Ole sagte, die D-Rex hätte bei seinem Chef angerufen und von Jerrys Ausraster erzählt. Ole konnte das gar nicht glauben und hat deshalb bei Julia nachgefragt. Dabei hat er irgendwas mit ‚Hossa' gesagt, das weiß ich genau."

„Keine Ahnung!", murmelte Lea. „Soo genau hab ich nicht auf Oles Gefasel geachtet." Sie wurde rot, als sie diese detektivische Panne zugab, aber wenigstens war sie ehrlich. Und sie berappelte sich sofort. „Na los!", rief sie. „Worauf wartet ihr noch? Wir müssen Ole überführen! Entweder wir ertappen ihn auf frischer Tat beim Pferdedoping, oder wir sagen ihm auf den Kopf zu, von wem er seine blöde Mütze hat."

Einträchtig marschierten wir zum Stall. Rennen ging nicht, denn Anna trug Kessi auf dem Arm. „Die Kleine muss mit", sagte sie, „schließlich kann sie das Beruhigungsmittel riechen – egal, ob in Tabletten- oder Tropfenform."

„Okay", beschloss Lea. „Wir haben eine neue Mitarbeiterin. Besser gesagt: Mitkatze. Unsere kesse Detektiv-Cat wird den Fall der Schlafmützen-Pferde lösen!"

Tatsächlich schnurrte die kleine Katze laut und deutlich, als wir beim Pferdestall ankamen. Oles Moped stand vor dem Kutscherhaus. Bestimmt war er schon im Stall. Entlang der Stallwand pirschten wir uns an.

Kurz vor der Stalltür setzte Anna Kessi auf den Boden. Die kleine schwarze Katze reckte den Schwanz in die Höhe und spazierte in den Stall hinein.

Eine Weile blieb es still. Dann hörten wir Ole lachen. „SPINNER!", rief er belustigt. „Was willst du denn von mir?"

Sofort schossen wir nach vorn und lugten um die Ecke. Ole stand vor der Box von Albatros, um dem Hengst sein Wasser zu bringen. Schrittweise versuchte er voranzukommen, doch Kessi hinderte ihn daran. Sie schnurrte wie eine Propellermaschine und strich ihm so eng um die Beine, dass er stolperte und den Eimer absetzen musste. Jetzt wurde die kleine Katze richtig wild. Mit schrillem Maunzen drückte sie ihr Köpfchen an die Metallwand des Eimers, rieb sich an ihm, streckte die Vorderpfoten nach vorne und machte sich lang. Dann wälzte sie sich wie besessen auf dem Boden.

„Au weia!", sagte Kati. „Die dreht gleich durch! Ich glaube, wir müssen sie retten!"

Schnurstracks marschierte sie in den Stall und schnappte sich das Kätzchen, das noch immer lustvoll auf dem Rücken über den Boden scheuerte. Als sie Kessi hochhob, schrie diese empört auf. „Nix da!", schimpfte Kati. „Ich seh mir doch nicht an, wie du hier drogensüchtig wirst!"

Ole verstand kein Wort. Verwirrt starrte er Kati an. Als plötzlich neun weitere Mädchen um die Ecke kamen, war er völlig von der Rolle.

Diesen Moment nutzte Lea aus. „Du weißt doch, dass Katzen ganz verrückt nach Baldrian sind!", herrschte sie Ole an.

„J-ja ...", stammelte er, doch Lea ließ ihm keine Pause. „Wieso machst du dann das arme Tier so verrückt?", fragte sie scharf.

„ICH?", empörte sich Ole. „Ich wollte nur Albatros' Tränke füllen, da hat sich die Kleine an mich rangeschmissen." Er sah Kessi an, als hätte sie ihn überfallen.

„Mit anderen Worten: Es ist Baldrian im Eimer, und du hast es gewusst", versuchte Lea, Ole festzunageln.

„Jaja", wehrte er ab, „aber die Katze ..." Plötzlich merkte er, dass er sich verplappert hatte und verstummte.

Jetzt trat Marie vor. „Hallo Ole", sagte sie freundlich. „Du kümmerst dich wirklich toll um die Pferde – besonders um Albatros. Außer Anja Norden weiß wahrscheinlich niemand so gut wie du, was er alles braucht, um das Turnier zu gewinnen."

Ole war auf der Hut und schwieg. Doch Marie lächelte ihn so beharrlich an, dass sein Misstrauen verschwand.

„Na klar", brummte er und schob sein Cap nach oben. „Ich will euch doch helfen. Eure Schule soll bekannt werden – und das wird sie auch."

„ABER NICHT DURCH DOPING!" Anja Nordens Stimme klang scharf, als die Pferdetrainerin näher kam. „Ich habe euer Gespräch mit angehört", sagte sie knapp. „Zumindest den letzten Teil. Lea meinte, es sei Baldrian im Trinkwasser. Stimmt das?"

Ole nickte. Zaghaft fragte er: „Gute Idee, oder?"

„Himmel, NEIN!", rief die Pferdeexpertin. „Wir können Albatros doch nicht mit einem Beruhigungsmittel behandeln, damit er ohne Nervenflattern das Turnier übersteht! Wie lange gibst du ihm das Zeug schon?"

„Paar Tage", brummte Ole und versuchte noch einmal, sich zu rechtfertigen. „Hat doch gut gewirkt, oder?"

Anja Norden war außer sich. „ZU gut!", sagte sie schneidend. „Sogar ich bin darauf reingefallen. Aber ich hätte es wissen müssen: Ein Pferd KANN nicht plötzlich seinen Charakter ändern. Wenn ich geahnt hätte ..." Sie schlug sich die Hand vor die Stirn und konnte nicht mehr weitersprechen.

Das tat Lea an ihrer Stelle. „Ist ja noch mal gut gegangen", beruhigte sie unsere Lehrerin. „Der Fall ist geklärt - wir müssen nur noch wissen, von wem die Schnapsidee stammt! Regen Sie sich nicht auf! Das war doch Rettung in letzter Sekunde!"

„Eben NICHT!", rief Anja Norden. „Wenn Albatros schon tagelang Baldrian bekommt, hat er die Wirkstoffe im Blut - und im Urin auch. Falls er in eine Dopingkontrolle kommt, fliegt er sofort auf. Morgen sollte der Transport sein, übermorgen steigt der Wettkampf. Die Anreise kann ich mir sparen, denn bis morgen ist das

Beruhigungsmittel nicht aus Albatros' Blut verschwunden. Die Kontrolleure werden das merken, und wir werden gesperrt. Baldrian gilt offiziell als Dopingmittel!"

Verzweifelt sank sie auf einen Strohballen und schlug die Hände vors Gesicht.

Ende gut, Anfang noch besser!

„Das haben wir nicht gewusst!", stammelte Ole. „Wir wollten doch nur helfen!"

Auch die *KessCatz* waren schockiert. Nur Lea fragte scharf: „Was meinst du mit ‚wir'?"

Ole runzelte die Stirn. „Na ... ich und mein Kumpel", erklärte er.

„Wer denn?", drängte Lea. „Sag schon!" Doch Ole schwieg.

„Tobias Zumtobel", sagte ich leise und sah Ole in die Augen. „Er hat dir ja auch das Käppi geschenkt."

Ole nickte. „Scheiß-Käppi", sagte er plötzlich, riss sich die teure Mütze vom Kopf, schleuderte sie zu Boden und kickte sie weg. „Der hat mich reingelegt", stöhnte er und wirkte plötzlich kleinlaut. „Tobi war hier, als Jerry verrückt gespielt hat. Am nächsten Morgen erzählte er mir, er hätte einem der Pferde von Katzenfels ‚Pfeffer in der Arsch' verpasst. Sein Opa hat wohl eine Salbe, in der Paprika ist – oder Peperoni. Irgend so was. Die nimmt er bei Verspannungen und fühlt sich damit wie ein junger Hüpfer. Tobi wollte den Pferden helfen, schneller zu laufen, und da hat er die Salbe einfach mal ausprobiert – an dem kleinen Pferd, das ihm dauernd den Rücken zugedreht hat. Er konnte ja nicht ahnen, dass die Salbe SO gut wirkt ..."

Anja Norden stöhnte. „Chili!", sagte sie gequält. „Das kann doch alles gar nicht wahr sein! Chilisalbe wird tatsächlich als unerlaubtes Hilfsmittel im Pferdesport eingesetzt, zum Beispiel beim Springen. Wenn man Pferden die Knöchel damit einreibt, werden sie so empfindlich, dass sie um alles in der Welt nicht an die Stangen der Hindernisse stoßen wollen. Diese Höllensalbe tut nämlich fürchterlich weh. Klar: Wenn Jerry davon eine Ladung aufs Hinterteil gekriegt hat, ist er natürlich gerannt, als ob der Teufel hinter ihm her wäre. Das Zeug brennt ja auch wie Feuer."

Wortlos starrten wir sie an. Ole war genauso entsetzt wie wir.

„Und Baldrian steht ebenfalls auf der Liste verbotener Mittel", wiederholte Anja Norden. „Hohe Konzentrationen von Baldrian im Blut gelten bei Dressurpferden genauso als Doping wie Chilisalben bei Renn- oder Springpferden. Nicht zu fassen, dass dieser Junge mit scheinbar harmlosen Hausmitteln zweimal so ins Schwarze treffen konnte! Was für ein entsetzlicher, dummer Zufall."

Lea widersprach. „Zufall war das sicher nicht. Tobias Zumtobel wollte uns schaden, und genau das hat er erreicht."

Anja Norden nickte düster. „Morgen früh ziehe ich unsere Anmeldung zurück. Mit einem gedopten Pferd will ich nicht antreten."

„Und mit einem ungedopten Pony?", fragte ich, doch Anja Norden winkte ab. „Das ist ein internationaler Wettkampf. Da sind Ponys gar nicht zugelassen. Außerdem ist Albatros angemeldet, nicht Abraxas."

„Wer redet denn von Abraxas?", rief ich. „Jerry ist derjenige, der alle Dressurlektionen kann!"

„Im Zirkus", erinnerte Anja Norden. „Nicht bei einem Wettkampf. Außerdem hast du am Boden mit ihm geübt. Wie du ihn beim Reiten führst, musst du erst noch lernen."

„Ja, klar", gab ich zu. „Aber wenn ich ihn NICHT führe, führt er sich doch selbst, oder?"

Anja Norden lächelte matt. „Wer weiß", sagte sie. „Immerhin übst du nun schon lange genug mit ihm –

und das jeden Tag. Ich denke, er vertraut dir. Probier's einfach aus!" Das ließ ich mir nicht zweimal sagen. Schon war ich in Jerrys Box. Fünf Minuten später war er gesattelt und gezäumt, und ich konnte aufsitzen. Anja Norden persönlich führte Jerry an der Trense auf den Reitplatz. Ole und die Mädels folgten. Kessi natürlich auch, aber die wurde getragen.

Die nächste halbe Stunde erlebte ich wie im Traum. Was Albatros verrückt machte, schien Jerry zu genießen: Zuschauer über Zuschauer. Sobald unser Publikum sich am Zaun postiert hatte, begann er von selbst mit seinem Programm. Er trabte und ging Schritt, sprang auf der Stelle, wechselte das Tempo und drehte sich um die eigene Achse. Beim ersten Mal wäre ich bei der Pirouette beinahe aus dem Sattel gefallen, doch als sein Programm fertig war, begann er wieder von vorne. Diesmal wusste ich, worauf ich achten musste, und saß schon wesentlich sicherer.

Auch von Anja Norden kam ein Lob. „Bravo! Das war ein eleganter Auftritt!", ermunterte sie mich und seufzte: „Schade, dass beim Wettbewerb keine Ponys zugelassen sind!"

Ole zwinkerte mir zu, sagte aber nichts. Trotzdem wurde ich das Gefühl nicht los, dass er seinen Fehler wieder gutmachen wollte und uns helfen würde.

Am nächsten Tag traf ich ihn im Stall. „Frau Norden hat die Teilnahme am Turnier telefonisch abgesagt", erzählte ich.

Grinsend schob Ole sein Hütchen zurecht. Anscheinend war er wieder der Alte. Die Mützenzeit war vorbei. „Und ICH hab heute Nachmittag die Absage zurückgezogen", verriet er und grinste immer mehr. „Wir sind wieder im Rennen! Äh ... in der Dressur."

„Spinnst du?", rief ich. „Wir können doch nicht mit einem gedopten Pferd dorthin fahren!"

Ungerührt erwiderte Ole: „Aber mit einem ungedopten Pony. Hast du selbst vorgeschlagen."

„Aber Jerry ist zu klein", widersprach ich. „Sie werden uns gar nicht auf den Platz lassen."

Ole blieb cool. „Jerry ist ein ziemlich großes Pony. Er hat eine Schulterhöhe von 1,45 Meter - es gibt Pferde, die sind nur drei Zentimeter größer! Ich habe unserem Retter deshalb einen Satz neue Hufeisen samt Stollen verpasst - damit schummeln wir glatt zwei Zentimeter dazu. Und ..." Ole machte ein Gesicht, als sei er das Christkind kurz vor der Bescherung. „Ich habe Albatros wegen Krankheit entschuldigt und als Ersatz ein Kleinpferd angemeldet. Ihr seid auf der sicheren Seite - zumindest, solange du aussiehst wie deine Lehrerin!"

„WAAAAS?!" Ich packte Ole mit beiden Händen und

rüttelte ihn durch. „Wie soll ich das denn anstellen?", japste ich. „Die ist doch mindestens zwanzig Jahre älter als ich. Das geht doch gar nicht!"

„Ach, hör schon auf", erwiderte Ole. „Willst du mir weismachen, du weißt nicht, wie man sich älter macht? Da habt ihr Mädels doch jede Menge Tricks! Also lass dir was einfallen, um 8 Uhr hole ich dich ab! Sag mir nur, wo."

„Bei ... bei Frau Lachmann", stammelte ich, denn dieses Wochenende wollte ich bei Sophies Oma verbringen. „Am Langen Grund 3."

Genau dort stand ich am nächsten Morgen und wartete. Sophie hatte mich geschminkt und neu frisiert. „Auch Heldinnen müssen manchmal Haare lassen", lachte sie und schnitt mir glatte zehn Zentimeter ab.

Ich hätte heulen können, doch noch ehe ich den Mund aufbekam, schäumte mein Kopf wie wild, und Sophie verriet grinsend: „Hennapulver! Ein Glück, dass Oma alles aufhebt! Damit hat sie sich vor Urzeiten mal ihre Haare rötlich getönt ..."

Liebes Pferdebuch, dazu sage ich nur: KEIN KOMMENTAR – aber der Urschrei, als ich mich anschließend im Spiegel sah, lockte Frau Lachmann persönlich an.

„Macht doch nichts", versuchte sie mich noch am

nächsten Tag zu trösten, während wir auf Ole warteten. „Mir sind früher auch schon Haartönungen missraten, damals experimentierte man noch mit Henna ..."

Zweifelnd begutachtete sie meine kirschroten Haare. Verglichen mit Anja Nordens kupfern schimmernder Pracht sah ich aus wie Pumuckls große Schwester. Ein Wunder, dass Ole mich überhaupt erkannte! Aber das lag vermutlich an meiner Profi-Reiterkluft: lange Stiefel zur knallengen weißen Hose und schwarzem Jackett. Nicht zu vergessen die schwarze Kappe, die ich tief in die Stirn zog, um mein Gesicht zu verbergen. Leider fiel dadurch mein gekürzter Pferdeschwanz erst recht auf.

„Schick!", sagte Ole anerkennend und schnalzte mit der Zunge. „ich sag's ja: Ihr Mädels habt's einfach drauf. Aber 'ne grüne Jacke wär besser gewesen, oder? Ich mein ja nur, wegen der Haarfarbe ..."

„Junge, davon versteh'n wir nichts!", rief Oles Chef, der mit Transporter plus Pferdeanhänger vorfuhr. „Halt dich in Kleidungs- und Frisurfragen immer schön raus! Na los, Mädels, steigt ein, ehe ich es mir anders überlege! Um 11.20 Uhr ist Showtime. Wir haben noch einen weiten Weg vor uns."

„Wie haben Sie denn Jerry entführt?", fragte ich auf der Autobahn und deutete nach hinten.

„Betriebsgeheimnis!", brummte der Schmied und schwieg.

„Wieso helfen Sie uns überhaupt?", bohrte Sophie.

Jetzt lachte der Schmied. „Manchmal muss man eine Dummheit machen, damit hinterher was Schlaues herauskommt", sagte er geheimnisvoll. Mehr war nicht aus ihm herauszukitzeln.

Drei Stunden später rollten wir über die Wiese vor dem Turnierplatz. In aller Ruhe führten wir Jerry aus dem Anhänger. Ich sattelte und zäumte ihn und führte ihn dann zwischen den geparkten Autos hin und her. Er schnoberte immer wieder, hob den Kopf und schien zu zählen, wie viele Kollegen wohl hier waren. Vielleicht war es auch die Mischung aus Menschenmassen und Stallgeruch, die ihm so gefiel.

Jedenfalls merkte sogar Sophie, wie wohl sich Jerry hier fühlte. „Ich glaube, er erinnert sich an seine Auftritte in der Manege", sagte sie und tätschelte dem Pony den Hals. Während sie mit Jerry redete, sattelte ich ihn und saß auf. Gerade noch rechtzeitig.

„Mit der Startnummer 12: Anja Norden auf Jerry ...", ertönte es aus dem Lautsprecher, und ich ritt auf den Platz. Aus den Augenwinkeln sah ich die Tribüne. Auf mehreren Sitzreihen drängten sich hier Hunderte Zuschauer. Ich schluckte, doch Jerry trabte munter drauflos. Als Musik aus dem Lautsprecher drang, passte er sein Tempo ganz von selbst der Melodie an. Von da an überließ ich ihm die Führung, und er spulte sein gewohntes Programm ab: Schrittwechsel, Richtungswechsel, Pirouetten und andere Figuren.

Er machte nicht einen einzigen Fehler - und ich genoss es, mich von ihm durchs Programm führen zu lassen. Als wir schließlich fertig waren, gab es reichlich Applaus. Jerry überkreuzte die Vorderbeine und verbeugte sich.

„Wahnsinn! Er macht einen Knicks!", rief jemand im Publikum. Kati! In der Menge suchte ich ihr Gesicht.

Eine andere Stimme half mir dabei. *„BRAVA! Bravísima!"*, schrie Sara immer wieder. Als sie auf und ab hüpfte, sah ich sie. Zusammen mit den anderen *Kess-Catz* stand sie auf der Tribüne und strahlte.

Hinter den Mädels stand Anja Norden und strahlte genauso. Sogar Frau Gerwinius spendete Jerry und mir stehend Beifall und lächelte dazu süßsauer.

„Nix wie raus!", murmelte ich und trieb Jerry an. Es schien, als könnte er sich gar nicht losreißen von dem Applaus, doch dann wurde der nächste Teilnehmer aufgerufen, und Jerry trottete davon.

Vor dem Turnierplatz stürmte ein Mann auf uns zu. Die Wappen an seinem dunkelblauen Blazer erinnerten mich an Tobi zum Knobi – und das Geschrei des Mannes verstärkte diesen Eindruck noch. „Das kann doch wohl nicht wahr sein!", schrie er. „Du bist doch nie und nimmer Anja Norden! Das ist ein Turnier und kein Spielplatz! Glaub ja nicht, dass du damit durchkommst! Dein Auftritt war vielleicht weltmeisterlich, aber das wird dir nichts nützen: Du bist disqualifiziert!"

Ein Fotograf, der in der Nähe stand, wurde aufmerksam und begann zu knipsen. Der Wappenmann versuchte ihn abzudrängen, aber dafür war der Reporter viel zu geschickt.

„Bitte Vorsicht!", sagte ich noch, da ging das Blitzlichtgewitter schon los. Jerry ließ es in aller Ruhe über sich ergehen. Ich glaube sogar, er genoss es.

Anschließend erklärte ich alles – dem Wappenmann, dem Fotografen und all seinen Kollegen, die plötzlich wie Pilze aus dem Boden schossen. Immer wieder musste ich dasselbe erzählen: „Albatros ist krank geworden, aber weil die ganze Schule sich so auf dieses Turnier gefreut hat, bin ich heimlich eingesprungen. Mit dem Schulpony – damit Sie sehen, wie gut wir auf Katzenfels reiten lernen."

Beim fünften Interview hörte ich plötzlich eine Stimme, die von hinten kam und alles andere übertönte. Frau Gerwinius hatte die Zuschauerränge verlassen und fegte nun über den Vorplatz. „NICHT NUR REITEN, liebe Julia! Ihr lernt ja noch SO VIELE andere Dinge auf Katzenfels." Noch ehe sie bei den Reportern ankam, steckte sie mitten in einer endlosen Aufzählung. Eifrig notierten die Journalisten alles, was die D-Rex sagte. Sie schien glücklich, dass ihr so viele Menschen so gut zuhörten und kam richtig in Fahrt.

Ich wendete Jerry und lenkte ihn zu einem Kiosk, an dem Sophie und Tabea standen. Beim Näherkommen sah ich, dass in der Menschenmenge dort sämtliche *KessCatz* steckten – und Anja Norden mittendrin.

„Was macht IHR denn hier?", rief ich und saß ab.

„Eis kaufen", entgegnete Kati. „Was sonst?"

Ich lachte. „So hab ich das nicht gemeint. Ich wollte wissen, wieso ihr überhaupt hier seid."

Anja Norden schmunzelte. „Oles Chef hat angerufen und erzählt, was ihr vorhabt. Als Pferdedieb wollte er dann doch nicht dastehen. Ich fand den Plan klasse und habe Frau Gerwinius um Erlaubnis gebeten. Also, falls jemand fragt: Ihr habt die ganze Aktion erst gemacht, als sie schon zugestimmt hatte. Ist das klar?"

„Meinetwegen!", sagte ich grinsend. „Wenn sie das will."

„JAWOHL, das will ich!", rief die D-Rex zu uns herüber. Erst jetzt bemerkten wir, dass sie ihre Interviews beendet hatte.

„DIE hört aber gut", raunte Kati, und ihr Raunen war im Umkreis von fünf Metern zu verstehen.

„Ich kann sogar Gedanken hören", triumphierte die D-Rex. „Julias zum Beispiel. Und ich habe auch eine Antwort darauf."

„Wie bitte? Auf welche Frage denn?", staunte ich.

„Die kannst du dir selbst aussuchen", sagte Frau Gerwinius großzügig. „Die Antwort lautet jedenfalls: JA."

Als sie Anja Norden zuzwinkerte, fiel mir schlagartig ein, welche Frage sie meinte. „Dürfen wir zwei Schulponys haben?", platzte ich heraus.

Die D-Rex lachte. „JAWOHL!", sagte sie - so laut, dass alle Journalisten der Welt es hören konnten. „Es ist eine gute Idee, zwei Pferde zu haben und zwei Ponys. So können sie voneinander lernen: ein Dressurpferd von einem Reitstallpony, das Reitstallpony vom Zirkuspferd und so weiter. Wir werden ein weiteres Tier für unseren Reitstall ankaufen. Ich habe schon eines im Auge. Es steht in einem Reitstall ganz in der Nähe von Katzenfels und ist kohlrabenschwarz."

„Abraxas!", rief ich und konnte mein Glück kaum

fassen. Blitzschnell stellte ich noch eine andere Frage, die mich schon länger beschäftigte: „Darf mein Vater das Wäldchen neben dem Schloss stutzen? Ich glaube, dort verbirgt sich ein zugewuchertes Labyrinth!"

Frau Gerwinius stutzte. „Wie bitte?", fragte sie. „Liebe Julia, mit dir geht allmählich die Fantasie durch. Verkleidung, Turnierauftritte unter falschem Namen – und jetzt noch ein verborgenes Labyrinth! Heute Abend bekommst du Baldriantee. Du bist ja völlig überdreht ..."

„Der war gut!", schrie Kati und prustete los. Auch die anderen Mädchen kicherten.

Frau Gerwinius verstand das völlig falsch. „Na, na!", mahnte sie im Lautsprecherton. „Nun reißt euch aber mal zusammen! Julia hat es nicht verdient, dass ihr sie auslacht!"

Mit fürsorglicher Miene wandte sie sich an mich. „Labyrinth hin, Wäldchen her", sagte sie würdevoll. „Darüber müssen wir ja nicht streiten, liebes Kind. Dir verdanken wir es, dass unser Internat nun doch noch in die Zeitung kommt. NATÜRLICH darf dein Vater das Wäldchen zurückstutzen. Ich kann dir doch heute keinen Wunsch abschlagen!"

Sie lächelte mich an wie eine tüdelige Großtante und strahlte dann in die Runde, als erwarte sie Applaus.

„Du hast dir wirklich was verdient“, flüsterte Sophie mir zu, während die D-Rex auf die Journalisten einredete. „Ich wollte mich sowieso schon längst für den Glücksklee bedanken, den du mir geschenkt hast. Für deinen preisverdächtigen Ritt solltest du eigentlich eine Goldmedaille bekommen, aber ich habe nun mal keine. Dafür bekommst du DAS hier ...“

Vorsichtig öffnete sie ein in der Mitte zusammengelegtes Stück Papier. Was nun zum Vorschein kam, verschlug mir den Atem. „Der Kuhverwirrer!“, rief ich. „Der Pferdeschreck! Das giftige Vergissmeinnicht!“

Sophie schüttelte energisch den Kopf. „Blödsinn!“, entgegnete sie. „Das Gewitterblümchen! Der Ehrenpreis! Diese Namen trägt das unscheinbare Ding nämlich auch. Aber wenn man es ausreißt, gibt es ein Donnerwetter! Das sagt jedenfalls meine Oma. Ich fand das so toll, dass ich ein paar davon gepresst habe, weil sie mich an dich erinnern: unauffällig und bescheiden, aber würdig, einen Preis zu bekommen – wie du. Also nimm schon!“ Sie überreichte mir das blassblaue Blümchen, das mir vorkam wie ein Ehrenabzeichen. Vor Überraschung und Stolz brachte ich kein Wort heraus.

Sophie zwinkerte mir zu. „Ein Ehrenpreis für Julia“, sagte sie. „Hoch soll sie leben – und deshalb sitzt sie ja auch da oben: Auf dem Pferderücken ist der Ehrenplatz!"

„DER Spruch kommt in mein Buch", dachte ich mir. Beinahe hätte ich allen verraten, dass ich ein Geheimbuch schrieb. Doch ich kam nicht dazu, denn die Mädels klatschten wie verrückt.

„Danke, liebe Kinder!", sagte Frau Gerwinius, die der Meinung war, der Beifall sei für sie bestimmt. „Wenn Julia will, dass ihr Vater den Garten instand setzt, darf er das gerne tun. Oder gilt der Applaus unserem neuen Schulpony?"

Marie rettete die Situation. „Wir klatschen für beides", sagte sie artig. „Und beides verdanke ich Ihnen, Frau Direktor!"

Die D-Rex lächelte geschmeichelt. „Naja", sagte sie stolz, „manchmal muss man eben dafür sorgen, dass eine Geschichte ein gutes Ende nimmt."

Jetzt mischte Hannah sich ein. „Ein gutes Ende ist meistens auch ein guter Anfang", sagte sie. „Wahrscheinlich erwartet uns schon die nächste Geschichte. Und die wird NOCH besser als die hier ..."

Die Geheimbücher der KessCatz

Hinter dem Mond und noch ein Stückchen weiter – dort liegt das verschlafene Städtchen Katzberg. Kein Wunder, dass Lea und ihre Freundinnen es kaum erwarten können, bis das nächste Schuljahr beginnt. Denn dann geht's mit dem Schulbus endlich raus aus dem Kaff und mitten hinein ins Leben.
Doch plötzlich gibt es Gerüchte, dass in Katzberg ein Mädcheninternat eröffnet werden soll. Für Lea ist sofort klar: ohne mich! Ob ihre Freundinnen das genauso sehen?

Margot Antony
Die Geheimbücher der KessCatz
Band 1: Lea, der Boss im Schloss

176 Seiten, Hardcover
€ 8,95 [D]
ISBN 978-3-505-12633-8

Das sind wir:

Sophie,
der wandelnde
Glückskeks

Julia,
die
Pony-
flüsterin

Die
sagenhafte
Nummer
zehn

Hannah,
die Hüterin
des Buches

Anna,
die
Drachen-
malerin

Lisa, der
halb gedoppelte
Rockstar